नाटक

अंजो दीदी

अंजो दीदी

उपेन्द्रनाथ अश्क

लोकभारती प्रकाशन

पहला संस्करण 1955 (2016 तक 22 संस्करण)
नीलाभ प्रकाशन, इलाहाबाद से प्रकाशित

लोकभारती प्रकाशन
पहली मंजिल, दरबारी बिल्डिंग, महात्मा गांधी मार्ग
प्रयागराज-211 001

वेबसाइट : www.lokbhartiprakashan.com
ईमेल : info@lokbhartiprakashan.com

शाखाएँ : 1-बी, नेताजी सुभाष मार्ग, दरियागंज
नई दिल्ली-110 002
अशोक राजपथ, साइंस कॉलेज के सामने
पटना-800 006
1, अनमोल सोराबजी संतुक लेन, धोबी तलाव,
मरीन लाइंस, मुम्बई-400 002

पहला लोकभारती संस्करण : 2023

मूल्य : ₹495

विकास कंप्यूटर एंड प्रिंटर्स
ट्रॉनिका सिटी-201 102 द्वारा मुद्रित

ANJO DIDI
Play by Upendra Nath Ashk

ISBN : 978-81-19133-63-5

नन्ही मधूलिका के लिए
जो अपने स्वर्गवास के दो दिन पहले ज्वर की दशा
में नाटक का सारा मसौदा पढ़कर, लेखक को अपार
हर्ष, दुख और आश्चर्य में छोड़ गई

मधूलिका—मेरे मित्र श्री गोपालदास (असिस्टेंट स्टेशन डायरेक्टर, ऑल इंडिया रेडियो, इलाहाबाद) की तीसरी लड़की थी—साढ़े नौ वर्ष की प्यारी-सी बच्ची। इस छोटी-सी उम्र में उसे साहित्य से—विशेषकर नाटकों से—अपूर्व अनुराग था। मेरा कोई ही नाटक होगा, जो उसने रेडियो पर न सुना हो और जिसके बारे में राय न दी हो। पिछले एक वर्ष से वह नेफ़राइटिस जैसे मूज़ी रोग की शिकार थी, पर मैंने उसे कभी रोते या कराहते नहीं देखा। अंजो दीदी अप्रैल 1955 में ब्रॉडकास्ट होने जा रहा था। मैंने पांडुलिपि भेजी तो गोपालदास पढ़ने के लिए घर ले गए। कुछ दिन बाद बच्ची की नाज़ुक हालत की सूचना पाकर मैं उसे देखने गया। तब गोपालदास ने बताया कि रोग ने सहसा बुरा मोड़ लिया है। फिर बातों-बातों में बोले, "इसे पढ़ने का इतना शौक़ है कि इस दशा में भी, तुम्हारे नाटक के शायद तीस-चालीस पृष्ठ पढ़ गई है।" हमारी बात बच्ची ने सुन ली। नीम-बेहोशी की हालत में उसने कहा, "मैंने सारा पढ़ लिया है।"

तीसरे दिन, 16 मार्च, 1955 को वह इस संसार से चली गई।

अंजो दीदी : एक मूल्यांकन

कमलेश्वर

अंजो दीदी की वस्तु का सम्बन्ध आभिजात्य वर्ग से है। अभिजात कुल की नारी, अंजली के मानस में जीवन को नियंत्रित और अनुशासित रखने की प्रवृत्ति के बीज संस्कारगत हैं, जो कि उसे गोद लेने वाले नाना जी से विरासत में मिले हैं। अंजो में अपने वर्ग की वे सारी वृत्तियाँ हैं, जो टस-से-मस होना नहीं जानतीं। उसके अपने व्यक्तित्व में वह हठ है, जो दूसरों को परास्त कर देता है—जिसके शिकार हैं वकील साहब, जो अपने विवाह से पहले उन्मुक्त बन्धनहीन सरिता की भाँति बह रहे थे, जिसका आभास-मात्र उनकी सैलानी कोशिशों के रूप में कभी-कभी उभर उठता है। आरम्भ में ही अंजो के प्रचंड अनुशासन की झलक मिल जाती है और वह खीज भी, जो बिगड़ी हुई मशीन को बनाने वाले मैकेनिक में, पुर्ज़े ठीक से न चलते देख, आ जाती है।

अंजली नौकरानी से कहती है—"मुन्नी, नाश्ता रखो मेज़ पर *(तनिक कड़े स्वर में)* तुम कर क्या रही हो, आठ बजने को आए हैं और नाश्ते का कहीं पता नहीं।"

उसी उलझन में वह बच्चे को पुकारती है—"नीरज बेटा, कपड़े बदल लिये तुमने?" *(और कहती जाती है।)* "अपने पापा से कहो, नहाकर सीधे इधर आएँ।" *(फिर पलटती है।)* "अभी तक स्नान नहीं किया और आठ बजने को आए हैं।"

सुबह आठ बजे वाली पाबन्दी घर के हर काम, व्यवहार, भोजन, शयन, आदि, सभी पर लागू है। पर यह सब कैसे निभता है? क्या अंजली

केवल दिखाने के लिए ऐसा करती है? निश्चय ही नहीं—क्योंकि अंजली का मनोविज्ञान ऐसे स्तर पर संगठित हुआ है कि उसकी यह सनक ऊपरी या थोथी नहीं दिखाई देती। इस सनक को चालित करने वाली शक्ति है—उसका अखंड अहं। अहंवादिता की यह भीषणता ही उसके दुबले-पतले, इकहरे शरीर की मोहकता है। उसके चरित्र की असाधारणता भी उसे असामान्य नहीं बनने देती, हास्यास्पद भी नहीं बनाती, क्योंकि नाटककार ने बड़ी कुशलता से उसकी इस प्रवृत्ति का सम्बन्ध एक पीढ़ी पहले नाना जी के इतिहास से जोड़कर रखा है। जीवन के हर क्षेत्र के प्रति उसका अपना निजी दृष्टिकोण है। बाप से लेकर बेटे तक, घर की व्यवस्था से लेकर नौकरों के रहन-सहन और अदब-क़ायदे की मान्यताओं तक—उसका चाबुक मार करता है। और इस चाबुक की मार उसकी मृत्यु के बाद तक, अगली पीढ़ी पर पड़ती रहती है।

जब अंजली का चित्र आता है तो सहसा एक अतिशय व्यस्त, दुबली-पतली, ख़ूबसूरती से तराशी आधुनिका का रूप मुखर हो उठता है, जिसके प्रभाव से घर भर में एक संयत हलचल की आवाज़ कानों में पड़ने लगती है। सीमेंट के फ़र्श पर उसके फुर्ती से चलते क़दमों की सरसराहट गूँजने लगती है, ऐसा लगता है कि कुर्सी-मेज़ सहमे-से रखे हैं; दरवाज़ों और खिड़कियों पर लगे हुए पर्दे धीरे-धीरे हिल रहे हैं, तेज़ हवा भी उन्हें झकझोर नहीं सकती; घड़ी ज़ोर से घंटा नहीं बजा सकती; चादर शिकन डाल सकने का साहस नहीं कर सकती; नौकरानी मुन्नी और नौकर राधू सिर्फ़ सीमित आवाज़ में बोल सकते हैं; रसोईघर में बर्तन धीरे-धीरे खनक रहे हैं, उनमें से कोई भी गिरकर आकस्मिक शोर नहीं मचा सकता। एक सभ्य आतंक घर की सारी हलचल में व्याप्त है...हर कमरे में ज़िन्दगी है...पर उफान के बाद ठंडे पड़ते दूध-सी! दूध-सी स्वच्छता, दूधियापन और निरभ्रता उसमें अवश्य है।

अंजली की आँखें हर अव्यवस्था, छोटी-से-छोटी ग़लती और अनियमितता को ताक रही हैं...घर का हर पुर्ज़ा अपनी नियमित गति से चलने के लिए बाध्य है, वह तेज़ी नहीं पकड़ सकता, धीमा नहीं पड़ सकता। और इस सबको देखकर भी अंजली सन्तुष्ट नहीं दिखाई देती...उसके इस आतंक के बावजूद

कोई ऐसी रहस्यमयी घुटन है, जो उसे चैन नहीं लेने देती, हर व्यवस्था को देखकर भी वह तिलमिलाई, झुँझलाई-सी घूमती रहती है। उसके उस प्रचंड अहं की तुष्टि में कोई शाश्वत कठिनाई है, जो अवरोध बनकर खड़ी है। जो उसके अहं को निरर्थक और प्रभावहीन करती जा रही है। और इस हार को स्वीकार न कर पाने के कारण वह घुटती-घुटती उस सीमा तक जा पहुँचती है, जहाँ से नाश की रेखा शुरू होती है और वह हठी-अभिमानिनी नारी, अपने स्वयं के नाश से भी उसी कार्य को फलित करना चाहती है, जिसे वह ज़िन्दा रहकर न कर सकी। वकील साहब द्वारा शराब पीने की आदत को न छोड़ पाना, उसके जीवन के लिए सबसे बड़ी चुनौती बन जाता है। जब वह उसमें अपने हार के लक्षण देखने लगती है तो भीतर से चटका हुआ उसका व्यक्तित्व नष्ट हो जाने को व्याकुल हो जाता है—लेकिन उसके नाश में भी वह शालीनता और संयम है, जो नष्ट होते हुए भी अपने टूटने को स्वीकार नहीं करना चाहता। जीवन की इस विफलता को लिये हुए, एक दिन अंजो अपनी रहस्यमय मृत्यु का आभास केवल अन्नो को देकर टूट जाती है और अपने हठीले अहं का स्वयं शिकार होकर दया की पात्र हो जाती है। पर वह मरकर भी जीवित रहती है, उसका आतंक पूरे परिवार पर हावी रहता है। उसका ज़ुल्म सर नहीं झुकाता। अपनी जिस अर्ध-विक्षिप्तावस्था में वह अपने अहं को सहेजती, मानवों को मशीन बना देना चाहती है, उसका चक्र चलता रहता है और वह उन्हें ठीक अपनी तरह से चलाती है। वह कहती है—"जीवन एक महान घड़ी है। प्रातः-संध्या उसकी सुइयाँ हैं। नियमबद्ध एक-दूसरी के पीछे घूमती रहती हैं। मैं चाहती हूँ—मेरा घर भी घड़ी की तरह चले और हम सब उसकी सुइयाँ बन जाएँ।"

अंजो को इसका गर्व है कि वकील साहब को उसने अपनी तरह ढाल लिया है। नीरज के सम्बन्ध में जब अन्नो बात करती है तो अंजो जैसे स्वयं अपने को शाबाशी देते हुए कहती है—"सभ्यता और शिष्टाचार की कमी तुम उसमें (नीरज में) न पाओगी।" नीरज को भी उसने पुर्ज़ा बना डाला है, क्योंकि अंजो के कथनानुसार वह सुबह समय से उठता है, डैडी के साथ सैर को जाता है, कपड़े बदलकर समय पर नाश्ते के लिए तैयार हो

जाता है, आराम और खेल के समय का पूरा-पूरा ध्यान रखता है, समय पर पढ़ता है, समय पर आराम करता है। और अंजो के ज़ुल्म की उग्रता तो इस बात के पीछे है कि वह नीरज को कमिश्नर बनाना चाहती है और नीरज स्वयं क्रिकेट का कप्तान बनना चाहता है। यह ज़ुल्म वस्तु-जगत से लेकर मानसिक धरातल तक छाया हुआ है। इतने भीषण दबाव के नीचे जिन विकृतियों का उग आना साधारण जीवन में असम्भव था, वे ही विकार पनपने लगते हैं। उनका साकार रूप अंजो की मृत्यु के बाद नीरज और नज़ीर की बातों तथा नीरज के हाव-भाव और दिलचस्पियों में मिलता है। पर यह ज़ुल्म समाप्त नहीं होता और ओमी के रूप में जैसे उसकी रूह मृत्यु के पाँच वर्ष बाद भी उसी शक्ति और आतंक को लिये हुए अपने कार्य में रत रहती है और वकील साहब के जीवन को अपनी परिधि में कसकर सार्थकता प्राप्त कर लेती है।

और वकील साहब उस दरिया-से हैं, जो अपनी अल्हड़ता, मनमौजीपन, मस्ती और स्वच्छन्दता खोकर—नपी-तुली, बँधी नहर में तब्दील कर दिया गया हो। वे अंजली के इशारों पर नाच रहे हैं। अपने व्यक्तित्व की किसी बहुत बड़ी कमज़ोरी के कारण नहीं, वरन अंजो के आदर्शों के प्रति सहज आकर्षण के कारण। वकील साहब का जीवन ही सारी वास्तविकताओं को स्वीकार करता, उनसे जूझता, चढ़ता-उतरता, टूटता-बनता, अन्त तक पहुँचते-पहुँचते अथाह करुणा से भर उठता है—जो टूटते-टूटते यदि एक ओर बन पाया तो दूसरी ओर बनते-बनते टूट भी गया है।

यथार्थ और आदर्श का ऐसा संश्लिष्ट गुम्फन ही वकील साहब के सारे इतिहास को जीवन की संज्ञा प्रदान करता है, जो करुणा के गीले-गीले आँसुओं से नम, विषाद की हल्की-सी छाया में लिपटा हुआ सहसा अपने एकान्त कमरे से निकल, सामने आकर खड़ा हो जाता है और धीरे-धीरे अस्फुट-से शब्दों में कहता है—मैं पहाड़ी दरिया था...तुम मेरे यौवन की हसरतों की कल्पना नहीं कर सकते...मैं ही वह नहर हूँ, जो इतना नियंत्रण बर्दाश्त कर सकी... और मुझे लक्ष्य तक ले जाने की कोशिश करने वाली शक्ति सहसा टूटकर

बिखर गई, पर आज भी मैं उसके इन्तज़ार में, इस आदर्श के मरु में अपना सिर पटक रहा हूँ...इससे उसे शान्ति मिलती होगी, अंजो की आत्मा सुखी होती होगी। और अन्त में उनके तड़पकर कहे हुए वे शब्द—"ज़रा सी ग़लती पर अपनी सनक में तुमने मेरे पाँच बरस रेगिस्तान बना डाले अंजो, मैं तुम्हें क्या कहूँ! इस कमरे पर बरसों से तुम्हारा जादू तारी है, लेकिन श्रीपत ठीक कहता है—यह जादू टूटना चाहिए, इस घर को घड़ी की तरह नहीं, इनसानों की तरह जीना चाहिए। (धीरे-धीरे प्याले को उठाकर होंठों तक ले जाते हैं, पर हाथ रोक लेते हैं।) नहीं भाई, मैं नहीं पी सकता! अंजो के ज़ुल्म और उसकी सनक की बात मैं मानता हूँ, पर जब उसने इस सनक के लिए जान दे दी तो मुझे उसकी रक्षा करनी ही चाहिए। जाने ज़िन्दगी कितने दिन और है, क्यों इन चन्द दिनों के लिए उसकी रूह को तकलीफ़ दूँ। (गिलास रखकर अपने कमरे की ओर चलते हैं, फिर मुड़ते हैं।) लेकिन तुम पियो, मौज करो, इस कमरे का जादू तोड़ो, हँसो, शोर मचाओ, जियो...(फिर मुड़कर जाते हुए) लेकिन मुझे मेरे हाल पर छोड़ दो...मुझे मेरे हाल पर छोड़ दो।"

और श्रीपत वह प्रवृत्तिमूलक (tendentious) पात्र है, जो अंजो की असंगतियों और सनक के भ्रम को तोड़ने के लिए एक दर्शन लेकर नाटक में अवतरित होता है। उसका दर्शन अपनी प्रकृति में मध्यमार्गीय है। जीवन के रहन-सहन, हाव-भाव, नैतिकता, सम्मान-भावना और सबसे ऊपर, समय की सख़्त पाबन्दी यदि सनक की सीमा छूने लगे तो वह उसका विरोधी है। वह जब आता है तो साथ में मस्ती लाता है...जीवन को सरल बनाने का सन्देश लाता है और अपने फक्कड़पने से अंजो के घर की सब संगतियों, व्यवस्था के आग्रह और समय के शासन को अस्वीकार कर, अपनी तरह से चलने पर मजबूर कर देता है। श्रीपत भी उतना ही शक्तिशाली और क्रियात्मक है, जितना कि अंजली; पर जहाँ अंजली असाधारण होते हुए भी अजीब और काल्पनिक नहीं लगती, वहीं श्रीपत अंजली के सन्दर्भ में झूठा-झूठा-सा लगने लगता है। अपनी इकाई में श्रीपत पूर्ण और वास्तविक है। ऐसे सैलानी जीव, रमते जोगी, एक नहीं, हज़ारों पड़े हैं, जो जीवन के छोटे-छोटे आदर्श बनाए,

उन्हें व्यावहारिकता में अपनाते हुए दुर्लभ आदर्शों की रूढ़ता प्रदर्शित करते रहते हैं। श्रीपत निश्चय ही आदर्शवादी है, पर धार्मिक आदर्शवादी नहीं, जैसी की अंजली है। श्रीपत एक झंझा की तरह परिवार में आता है; सब ओर अस्त-व्यस्तता उत्पन्न कर देता है और अंजो के सामने एक चुनौती के रूप में खड़ा हो जाता है। फिर बीस बरस बाद अंजो के जादू को वह उस परिवार से काट फेंकता है। केवल दो उपस्थितियों में जो कार्य श्रीपत कर जाता है, वह उस जैसे व्यक्ति के ही वश की बात है। वह जीने की सलाह देता है, जीवन का सन्तुलन देता है और अपनी मस्ती से एक खुमार-सा छोड़ता हुआ अदृश्य हो जाता है।

श्रीपत ही वह पात्र है, जो अंजो के ज़ुल्म को समझ पाता है, उसके दुष्परिणामों का लेखा-जोखा लगा पाता है, क्योंकि वह इतना विनत नहीं, जो जीवन में सब कुछ स्वीकार करता चले। उसके दृष्टिकोण में वैज्ञानिकता है और विश्लेषण उसकी क्रिया, पर उसकी तर्क-प्रणाली कहीं भी नहीं उभरती, क्योंकि उसका व्यक्तित्व ही मौजी, मुँहफट और एकदम खुला हुआ है। ग्रन्थियाँ तो उसमें हैं ही नहीं। इसके विपरीत वकील साहब बड़े ही नर्म और सब कुछ स्वीकार कर लेने वाले व्यक्ति हैं। अंजो के आतंक को वे कभी तर्क पर नहीं कसते, उसकी अति का विश्लेषण नहीं करते और जो सामने आता है, उसे स्वीकार करते जाते हैं। परिवार में श्रीपत के प्रवेश करने से पहले वे एकदम निरीह-से रहते हैं। जो है सो ठीक है, वाली उनकी प्रकृति है। पर जीवन में ऐसे पात्र बहुत होते हैं, जो दूसरों के सुझाने से चेतते हैं; जब कोई अन्य उनके जीवन की आलोचना करके उनकी निरीहता को उघाड़ देता है तो सहसा असन्तोष की भावना उनके मानस में प्रवेश कर जाती है। यही मनोवैज्ञानिक सत्य वकील साहब के जीवन में चरितार्थ हो उठता है। उनकी सुप्त चेतना में इसका बीज श्रीपत की बात से पड़ जाता है, जब वह कहता है—"वाह जीजा जी, आपको अपनी क़सम, भगवान को साक्षी जानकर कहिए, शादी की कल्पना में ज़्यादा आनन्द है या शादी में? याद है न, मैं अंजो दीदी की सगाई के सिलसिले में आपसे मिलने आया था। कितना हँसते थे आप, कितने ठहाके लगाते थे, कितनी बेपरवाही थी आपके

स्वभाव में! जो जी चाहे खाते थे (हँसता है) और अब इतनी देर से बैठे हैं और एक ठहाका भी तो आपने नहीं लगाया। आपकी क़सम, आप तो हाई कोर्ट के जज दिखाई देते हैं। (हँसता और चाय की चुस्की लेता है) हालाँकि अभी आप एडवोकेट भी नहीं बने...जब एक वकील जज नज़र आने लगे तो समझिए कि वह बुड्ढा हो गया। वकील तो जवानी का प्रतीक है (हँसता है) और जज बुढ़ापे का। क़सम आपकी जीजा जी, शादी ने आपको बुड्ढा बना दिया है। (स्वयं ही ज़ोर से ठहाका लगाता है) और क्यों जीजा जी, अपना वचन तो आप नहीं भूले, पिछली बार जब हम मिले थे तो आपने कहा था कि एक बार फिर दिलकुशा होटल में..."

श्रीपत के इस कथन से वकील साहब को सहसा अंजो के ज़ुल्म और अपनी निरीहता का अहसास होता है और प्रकट विद्रोह कर सकने की अक्षमता के कारण वे उन राहों पर मुड़ जाते हैं, जिन पर सुख मिल सके। यहीं से अंजो के आतंक को तोड़ने के लिए मानसिक स्तर पर क्रिया आरम्भ हो जाती है। और अन्त तक पहुँचते-पहुँचते यही मानसिक संघर्ष प्रतिफलित होकर अथाह व्यथा का भार दे जाता है। इस तरह श्रीपत इस मानसिक-अन्तर्द्वंद्व से भरे नाटक की चालक शक्ति बन जाता है और पाठक की सहानुभूति प्राप्त कर लेता है। उसका सैलानीपन जीवन का प्रतीक बन जाता है। श्रीपत जीवन के सैलाब में बहता है, पर अपने को संयत रखने की अद्‌भुत शक्ति रखता है। उसके हृदय की व्यापकता में सभी के लिए स्थान है। वह बीस बरस बाद अन्नो से कह सकता है कि यदि मुझे पता होता, तुम मुझे छूने की कोशिश में हो तो मैं रुक जाता और तुम्हें पकड़ाई दे जाता। उसके एक क्षण बाद ही नौकरानी मुन्नी से कह सकता है—"अभी भरी नहीं तबीयत यहाँ से? चलो, दिखा लाएँ बाहर की भी दुनिया कुछ।" और वह अंजो की मार से सन्तप्त, मौन पात्रों को देखकर उसके ज़ुल्म के प्रति कराहता है, अंजो की तस्वीर देखकर वह सहसा बुदबुदा उठता है—"मान गए भई अंजो दीदी, तुम्हारे जादू को!" पर अंजो के उस दबाव और अत्याचार का वह विरोधी है। अपनी सगी बहन की आत्महत्या की बात सुनकर भी वह दया से द्रवित नहीं होता और उसे सख़्त मॉर्बिड (morbid) ही कहकर पुकारता है। क्योंकि वह जानता है कि अंजो

का अन्त यही हो सकता था। एक ग़लत काम को देखकर जैसे अनायास ही उसका मन विरोध में उठ खड़ा होता है, ठीक वैसे ही बीस बरस बाद श्रीपत अंजो के अत्याचार की पुनरावृत्ति ओमी द्वारा होते हुए देखकर अपने आप उसी विरोध-भावना से भर उठता है। अत्याचार स्वयं अपना विरोधी है, वह अपना अवरोध स्वयं उत्पन्न करता है, इसी का सहज स्वाभाविक रूप श्रीपत के उस कथन से मिल जाता है, जो वह अन्नो से कहता है—"क़सम ले लो जो इन बीस बरसों से कभी मेज़ पर सोया हूँ...लेकिन यहाँ आकर मालूम हुआ कि अंजो दीदी अपनी प्रतिनिधि छोड़ गई हैं, जो कुछ बातों में अंजो के भी कान काटती है, तब न जाने क्या हुआ कि फिर वैसे-का-वैसा हो गया।"

वह जिस अत्याचार को अंजो के समय में नीरज पर होते देख गया था, उसी को फिर ओमी द्वारा नीलम पर होते हुए देखता है। अंजो नीरज को कमिश्नर बनाना चाहती थी और नीरज क्रिकेट का कप्तान बनना चाहता था। अब दूसरी पीढ़ी में नीरज का पुत्र नीलम कवि बनना चाहता है, लेकिन नीरज उसे कप्तान बनाना चाहता है और उसकी पत्नी ओमी, आई.ए.एस.। जीवन-निर्माण के इन मानदंडों के पीछे एक बहुत बड़ा सामाजिक सत्य है, जो वर्ग, देश और काल की सीमाएँ भुलाकर सबको एक-सा प्रभावित करता है—यह वह अतृप्त सपना है, जो जिसके जीवन में फलीभूत नहीं हो पाता, वही उसे सत्य बनते देखना चाहता है या जीवन के किसी गहरे असन्तोष को अपनी सन्तति के माध्यम से तृप्त कर लेना चाहता है। यदि किसी की स्त्री या माँ किसी भयंकर रोग से डॉक्टर के अभाव में मर जाती है तो उसके सुप्त मानस में यह भावना कहीं से आकर बैठ जाती है कि वह अपने बेटे को डॉक्टर बनाएगा। इसी तरह असन्तोष के विभिन्न रूपों का सफल प्रतिफलन असन्तुष्ट मनुष्य की चाह बन जाता है। इसी चाहत की सहज प्रतिक्रिया के शिकार नीरज और नीलम हैं। स्वयं नीरज उस वंचना से ग्रसित रहा है, पर उससे निष्कर्ष नहीं निकालता और क्रिकेट कप्तान बनने की अपनी अतृप्त आकांक्षा की पूर्ति के लिए नीलम को तैयार करना चाहता है।

श्रीपत इस प्रवृत्ति को देखता है और समझकर उसका विरोधी बन बैठता

है। इस सारे अत्याचार की जड़ में वह कमज़ोर नसों वाली मॉर्बिड अंजो को देखता है, उसके जादू को देखता है और यह भी समझता है कि अंजो यदि वकील साहब की शराब पीने की लत के कारण न मरती तो किसी और सनक से मर जाती। उसका अन्त यही था। उसकी कमज़ोर नसें किसी भी छोटी-से-छोटी बात को लेकर फट सकती थीं। इसीलिए वह उस तिलिस्म को जान-बूझकर तोड़ता है और अंजो की आत्महत्या का राज़ अनभिज्ञ वकील साहब के सामने खोलकर जीवन जीने का मार्ग प्रशस्त करता है। वह अति का विरोध करता है और सामान्यता का मार्ग सामने रखता है। चारित्रिक आतंक से स्वतंत्र उस जीवन का रूप वह सामने रखता है, जो दबाव, ज़ुल्म और मानसिक दासता से मुक्त, अपनी प्रतिभा से प्रस्फुटित होना चाहिए। सम्भवतः यही लेखक का मूल मन्तव्य है।

नीरज और ओमी, श्रीपत और अंजो की परछाइयाँ हैं। ओमी तो अंजो की रूह है और नीरज श्रीपत का अपूर्ण सपना! और नीरज का पुत्र नीलू उस सपने की सम्भावित परिणति का संकेत! पर अन्नो तो वह सूत्र है, जिसके अभाव में इस नाटक की कथा-वस्तु को सँजोया ही नहीं जा सकता था। अन्नो के हाथों में वह सूत्र है, जिसे लिये हुए वह अपने में सिमटी-सिमटी एक परिवार के सारे दृश्यों को देखती और बुनती जाती है, एक घटना का सूत्र दूसरे से जोड़ती जाती है—बीस वर्ष के व्यवधान को उसकी उपस्थिति जोड़े रखती है। शायद जीवन की सबसे बड़ी विडम्बना तो अन्नो ही लेकर चली है। श्रीपत सब कुछ समझते हुए भी सहज उपेक्षा से उसे टाल जाता है। वह तो अपने जीवन की रंगीनी लेकर मुखरित ही नहीं हो पाती कि नाटककार की क़लम उसका जीवन दान में माँग लेती है, और यों अपनी कार्य-सिद्धि कर लेती है।

इतने पात्रों के जीवन को लेकर जिस संवेदना को उभारा गया है, वह अपने मूल रूप में एक विचार है, जो जीवनगत सुख-दुख, हर्ष-विषाद, व्यथा-करुणा, आदर्श और यथार्थ को अपने में समोकर एक निष्कर्ष पर ले जाता है। पर लेखक के आधारभूत विचार की मार उपदेश रूप में न होकर

व्यक्तियों के टूटे हुए जीवन की संवेदनाओं से उभरकर हम पर पड़ती है। नाटक के पात्र अपनी तरह से जीते चले जाते हैं, वस्तु-निर्माण होता जाता है और आधारभूत विचार भीतर-भीतर चलकर स्वीकृति प्राप्त करता जाता है। उसे स्वीकार्य बनाने के लिए कहीं भी कला का गला नहीं घोंटा गया। पूरे कथानक का केन्द्रीकरण व्यापक समाज की अन्तश्चेतना में बैठी उस असन्तुष्ट आकांक्षा की अत्याचारिता पर है, जो एक सनक की तरह प्रकट होकर, अनजाने ही ज़ुल्म करने लगती है। उस सनक का शिकार समाज का हर प्राणी है। किन्तु जब यह सनक क्रियाशील होकर जीवन पर हावी होने लगती है तो जीवन झूठा और कृत्रिम होता जाता है। इस दबाव और मानसिक अत्याचार की वृत्ति को उघाड़कर रख देने का कार्य श्रीपत द्वारा सम्पन्न हो जाता है। छोटे-छोटे घटना-सूत्रों से यह बात बड़े ही सांकेतिक रूप में उद्घाटित होती जाती है और जहाँ इन सभी घटनाओं का एकीकरण होता है, वहाँ करुणा, अवसाद और दया के उद्वेगों से मिलकर शक्ति और विश्वास का भी उदय होता है। एक ओर ऐसे अप्राकृतिक, अचेतन मानस के प्रतिबन्धों से लड़ने की शक्ति मिलती है तो दूसरी ओर सामान्य, सुघर और सुन्दर जीवन को गढ़ने का विश्वास जागता है।

दूसरों पर व्यक्तिगत विचारों का आरोपण अपने में एक नैतिक पाप भी है। ख़लील जिब्रान की एक पंक्ति है कि बच्चों को सब कुछ दो, पर अपने विचार मत दो। परम्परा रूप में अंजो, नीरज को अपना-सा बनाना चाहती है और नीरज अपने पुत्र नीलम को अपनी इच्छानुसार ढालना चाहता है। नैतिक पाप की यह परम्परा दोनों पीढ़ियों में चलती रहती है।

अभिजात वर्ग की जिस झाँकी को अश्क जी ने इसमें प्रस्तुत किया है, वह यद्यपि उस जीवन का एक अंश है, पर जितनी सम्पूर्णता से उसे अभिव्यक्ति मिली है, वह अन्यत्र दुर्लभ है। सामाजिक जीवन—चाहे वह किसी वर्ग का हो, अपनी विषमताओं और ख़ूबियों से मिल-जुलकर ही बना है। समाज के जिस वर्ग का प्रतिनिधित्व इस नाटक में हुआ है, उसकी समस्याओं के अन्तर्भूत यथार्थ का उद्घाटन तो इसमें है ही, साथ ही उसका विश्लेषण भी है और चीर-फाड़कर के नाटककार केवल उस घाव को खोलकर ही नहीं रख

देता, वरन उसके उपचार का उपाय भी पेश करता है। यदि एक ओर अश्क जी ने उस वर्ग के भ्रम, सनक और व्यर्थ मूल्यों को अपनी पूरी शक्ति से ध्वस्त किया है, तो दूसरी ओर उनके सन्तुलन के मार्ग का निर्देश भी किया है। अश्क जी विध्वंसक और निर्माता, दोनों रूपों में सामने आते हैं।

सम्भवत: हिन्दी नाटकों में अभी तक इतनी निर्मल कहानी भी नहीं आई। अभिजात वर्ग की एक नहीं, अनेक समस्याएँ हैं; उन परिवारों में पलते आपसी विद्वेष, सेक्स की विकृतियाँ, आदि—अनेकानेक समस्याएँ हैं, जिन्हें उठाया जा सकता था, पर शायद अश्क जी की दृष्टि सुख और दुख के उन स्त्रोतों को अधिक सतर्कता से पकड़ लेती है, जिन्हें हम साधारण कहकर छोड़ देते हैं। इस नाटक में कहीं कलुष, वासना या विकृत प्रेम आ ही नहीं पाता। एक अति-साधारण बात को उठाकर उस वर्ग के जिस यथार्थ का उद्घाटन इसमें हो गया है, वह भी उसकी मुख्य समस्या है, यह सहसा दिखाई पड़ने लगता है। प्रेम, अर्थ, आदि से परे चारित्रिक मनोवृत्तियाँ, ग्रन्थियाँ और विलक्षणताएँ भी हैं, जो आकस्मिक परिस्थितियों के अभाव में भी जीवन को प्रभावित करके तोड़ती और बनाती रहती हैं।

अंजो दीदी मनोविकारों के घात-प्रतिघात और उनकी प्रतिक्रिया की कहानी है। कोई दैवी घटना वहाँ नहीं है, आकस्मिक रूप से बदलने वाली परिस्थितियाँ वहाँ नहीं हैं, जो जीवन को अँधेरे या उजेले मोड़ पर डाल देती हैं। उसकी कथा की प्रेरक शक्ति है—मनोविज्ञान, जो उस विशिष्ट परिवार की वास्तविक स्थिति से प्रभावित होकर निरन्तर विकसित होता जाता है और नाटकीय सूत्र को बढ़ाता जाता है। केवल व्यक्तियों और मान्यताओं के संघर्ष से वर्गीय यथार्थ की आत्मा जैसे मुखर हो उठी है और उनके रहन-सहन, अतिशय पाबन्दी, नियंत्रण और मशीनी-सोच की सारी विषमता साकार हो उठती है। तॉल्स्तॉय के उपन्यास 'अन्ना कैरेनिना' की प्रथम पंक्ति सहसा यहाँ याद हो आती है—

> 'Happy families are all alike, every unhappy family is unhappy in its own way.'

सब तरह से सम्पन्न अंजो का परिवार इस तरह भी दुखी हो सकता है, यह सत्य अनायास ही उभरकर सामने आ जाता है।

इसी यथार्थ को अंजो की सनक और परिवार की ट्रैजिडी में गूँथकर अश्क जी ने निश्चय ही एक कलात्मक सिद्धि प्राप्त की है। कलात्मक इसलिए कि कला स्वयं एक विशिष्ट सामाजिक चेतना है और अंजो दीदी के सामाजिक कथानक में से अश्क जी ने जिस चेतना की अनुभूति को पकड़ा है और उसे जिस तरह अभिव्यक्ति दी है, वह अपने में इतनी पूर्ण है कि वस्तु पर चढ़े हुए शैली के आवरण का आभास ही नहीं होता और वस्तु स्वयं में इतनी सजी-सँवरी लगती है कि यह कहना कठिन हो जाता है कि उस पर शिल्प का आवरण है ही नहीं। वस्तु और शैली का यह एकीकरण और एकात्मकता ही कलात्मक सिद्धि है।

बीस वर्ष के लम्बे समय को इस निपुणता से बाँध लेना हिन्दी नाटकों के लिए सर्वथा नवीन अनुभव है। इतने बड़े काल-क्रम को बिना स्थान बदले मुखर कर देना अश्क जी की अद्वितीय उपलब्धि है, जिसका श्रेय केवल उन्हीं को है। नाटक-रचना के इस नवीन प्रयोग के लिए हिन्दी का पाठक और दर्शक उनका ऋणी रहेगा।

केवल दो अंकों में और एक ही स्थान पर, यहाँ तक कि एक ही कमरे में, जीवन-नाटक को इस तरह सँजो देना चमत्कार ही कहा जा सकता है। अश्क जी के अन्य नाटकों को देखते हुए, उनके शिल्प की बारीकियों को ध्यान में रखते हुए, अंजो दीदी नाटकीय-विधान और वस्तु-निर्माण की एक सीमा-रेखा अंकित करता है। दो अंकों में दो बड़े और दो छोटे दृश्यों का अद्भुत शिल्प विस्मय में डाल देता है। इतने कम परिवर्तन से जीवन के ऐसे व्यापक क्षेत्र को चित्रित कर लेना एक दुर्लभ समस्या है, जिसे अश्क जी के व्यापक रंगमंचीय अनुभवों की देन ही स्वीकार करने में सन्तोष मिलता है।

चिन्तन तथा व्यापक सामाजिक अनुभवों की सम्मिलित शक्ति ने अश्क जी की दृष्टि को समस्याओं के मर्म तक पहुँच जाने की सामर्थ्य दी है, और वह दृष्टि समस्या को केवल उधेड़कर रख देने का ही काम नहीं करती, बिखरते

और टूटते मानों और मूल्यों के सन्तुलन का संकेत भी देती है, इसीलिए वह निषेधात्मक होते हुए भी रचनात्मक अधिक है।

हिन्दी के रंगमंच का जो नया दौर उभरता दीख पड़ रहा है, उसके लिए आज हिन्दी के पास यदि अधिक नहीं तो भी ऐसी कुछ समर्थ कृतियाँ हैं, जो विकसित भाषाओं के रंगमंच के सामने विनत गर्व से प्रस्तुत की जा सकती हैं। अश्क जी के सृजन स्रोत इस दिशा में प्रवहमान हैं—यह हमारे लिए एक बड़ी प्रेरणा है।

अंजो दीदी का पहला अंक 30 जनवरी, 1954 को बम्बई हिन्दी विद्यार्थी मंडल द्वारा सेंट ज़ेवियर कॉलेज में अभिनीत हुआ। भूमिकाओं में निम्नलिखित अभिनेताओं ने योग दिया।

अंजो दीदी : कु. सावित्री
अनिमा : कु. नीरजा
मुन्नी : कु. नन्दिनी
वकील साहब : श्री कान्ति लाल
श्रीपत : श्री ओम प्रकाश शर्मा
राधू : श्री साँवरिया
नीरज : मास्टर राधा वल्लभ

इस नाटक का निर्देशन प्रसिद्ध नाटककार श्री सत्येन्द्र शरत ने किया।

अंजो दीदी—'रंग भूमि' द्वारा लक्ष्मी टॉकीज़, इलाहाबाद के हॉल में 22 जनवरी, 1956 को बड़ी सफलता से खेला गया। श्री राज जोशी के निर्देशन में निम्नलिखित अभिनेताओं ने इसमें योग दिया :

अंजो : देशी सेठ
इन्द्रनारायण : ज्वाला प्रसाद वर्मा
अन्नो : हीरा चड्ढा
श्रीपत : राज जोशी
ओमी : कुसुम (तारी)
नीरज : जगदीश
मुन्नी : जानकी गौड़
नज़ीर : नरेन्द्र धीर
चपरासी : ज़ुल्फ़िकार नकवी
राधू : भोलानाथ मधुर
नीरज : नीलाभ
नीलम : ऋतुराज

अंजो दीदी

पात्र

पहला अंक

अंजली — इन्द्रनारायण
अनिमा — श्रीपत
मुन्नी — राधू
नीरज (उमर 11 वर्ष)

दूसरा अंक

ओमी — नज़ीर
अन्नो — श्रीपत
राधू — इन्द्रनारायण
नीलम (उमर 11 वर्ष)
नीरज (उमर 31 वर्ष)

स्थान

दिल्ली में अंजली दीदी के बँगले की बैठक और खाने का कमरा

समय

पहला अंक : गर्मियों में एक दिन
दूसरा अंक : बीस वर्ष बाद सर्दियों में एक दिन

पहला अंक

पहला दृश्य

[1933 की गर्मियाँ। पर्दा श्री इन्द्रनारायण वकील की भव्य कोठी के बड़े हॉल में खुलता है, जिसे लकड़ी के एक खुलने और बन्द होने वाले सुन्दर पर्दे की सहायता से दो भागों में बाँटकर, खाने के कमरे और बैठक में बदल दिया गया है। लेकिन कोठी वकील साहब को चूँकि दहेज में मिली है, इसलिए उनकी कोठी न कहलाकर, उनकी पत्नी, श्रीमती इन्द्रनारायण की कोठी कहलाती है, जो साधारणत: 'अंजली दीदी' या यों कहें कि 'अंजो दीदी' के नाम से प्रसिद्ध हैं।

यह खाने और बैठने का मिला-जुला हॉल लम्बा-चौड़ा और खुला है। कोठी को वर्षों पहले एक अंग्रेज़ इंजीनियर ने बनवाया था और तब शनि के दिन यह हॉल नृत्य-कक्ष का भी काम देता था। पर जब शराब और जुए के कारण क़र्ज़ से लदकर इंजीनियर साहब ने कोठी बेची और अंजो दीदी के नाना ने उसे ख़रीद लिया तो यद्यपि उन्होंने इससे 'नृत्य-कक्ष' का काम कभी नहीं लिया तो भी इसकी शेष सजावट अंग्रेज़ी ढंग ही की रहने दी।

बाईं ओर के आधे भाग में खाने की मेज़ और छह कुर्सियाँ लगी हैं। सामने एक बहुत ख़ूबसूरत साइड-बोर्ड है, जिसमें चाय की प्लेटें, प्याले, काँटे-छुरियाँ और चीनी के अन्य बर्तन पड़े हैं। एक कोने में तिपाई पर चिलमची रखी है और ऊपर खूँटी पर तौलिया टँगा है। छत पर बिजली का पंखा मन्थर गति से चल रहा है।

बाईं दीवार में एक दरवाज़ा है, जो वकील साहब तथा नीरज के कमरों

में खुलता है। उसकी चौखट के ऊपर दीवार में एक क़ीमती, सुन्दर घड़ी अनवरत टिक-टिक कर रही है।

खाने के कमरे और बैठक के मध्य सागौन की लकड़ी का जो क़ीमती पर्दा खड़ा है, उसके फ्रेम में रेशमी कपड़ा लगा है। आवश्यकता पड़ने पर यह पर्दा बन्द करके अलग भी रखा जा सकता है। बैठक में आने का मार्ग इस पर्दे के दोनों ओर से है। घर के अन्दर से आने वाले पर्दे के उधर से आते हैं और बाहर से आने वाले पर्दे के इधर से।

बैठक में सामने तख़्त और गाव-तकिये लगे हैं। इधर को काउच और तिपाई रखी है। ज़मीन पर ग़लीचे बिछे हैं। एक दरवाज़ा दाईं दीवार में है, जो बाहर बरामदे में खुलता है। एक दरवाज़ा सामने दीवार में पर्दे के निकट है, जो रसोईघर को जाता है।

पर्दा उठते समय बैठक ख़ाली है। खाने के कमरे में पाँच कुर्सियाँ मेज़ के नीचे हैं और छठी पर अनिमा (पच्चीस-एक वर्ष की, मझले कद और गदराए शरीर की युवती) बैठी, सम्भवतः दूसरों के आने की प्रतीक्षा में, लेस बुन रही है। अनिमा अंजो दीदी की अन्तरंग सहेली है और गर्मियों की छुट्टियाँ बिताने दिल्ली आई हुई है।

दोनों कमरे निष्कलंक रूप से साफ़ हैं। प्रकट है कि उनकी सफ़ाई केवल नौकरों पर ही निर्भर नहीं, अंजो दीदी स्वयं उसमें दिलचस्पी लेती हैं। हर चीज़ करीने से लगी साफ़ और स्वच्छ है। दोनों कमरों में कहीं धब्बा, जाला या धूल नहीं।

सुबह का वक़्त है। घड़ी में आठ बजने को हैं। पर्दा उठने पर घड़ी में आठ की टन-टन सुनाई देती है। इसके साथ ही अन्दर के दरवाज़े से अंजली प्रवेश करती है और तेज़ी से अनिमा के पास से निकलती हुई रसोईघर के दरवाज़े पर जाकर आवाज़ देती है।]

अंजली : मुन्नी, नाश्ता रखो मेज़ पर। *(तनिक कड़े स्वर में)* तुम कर क्या रही हो? आठ बज गए हैं और नाश्ते का कहीं पता नहीं।

मुन्नी : *(पृष्ठभूमि में)* बस लिये आ रही हूँ मेम साहब!

[अंजली फिर खट-खट करती हुई, अन्दर के दरवाज़े पर जाकर बच्चे को आवाज़ देती है।]

अंजली : नीरज बेटा, कपड़े बदल लिये तुमने?

नीरज : *(पृष्ठभूमि में)* बस, हो गया तैयार ममी!

अंजली : और अपने पापा से कहो, नहाकर सीधे इधर आएँ। नाश्ता कर लें, फिर चाहे जो करते रहें। तौलिया उनका टावल-स्टैंड पर पड़ा है और कपड़े पलंग पर रखे हैं। *(फिर पलटती है)* अभी तक नहाये नहीं और आठ बज गए हैं।

इन्द्रनारायण : *(पृष्ठभूमि में)* अरे भाई, आया, आ...ऽ...या...आ...ऽ...या!

अंजली : *(अनिमा की ओर देखकर)* इनकी आदत भी...तुम बैठे-बैठे ऊब तो नहीं उठीं अन्नो! मैंने कहा, नाश्ते का समय हो रहा है, इन सबको तैयार कर दूँ। *(हँसती हुई मेज़ के नीचे से एक कुर्सी खींचती है)* मैं शोर न मचाऊँ तो नाश्ते को दस बज जाएँ। *(बैठ जाती है।)*

[अंजली की आयु यद्यपि तीस के निकट है, लेकिन वह पाँच-एक वर्ष बड़ी दिखाई देती है—पतले-छरहरे शरीर की, दुर्बल नसों वाली युवती, जो न केवल गृहस्थी की चक्की में जुटी हुई है, बल्कि पूरी निष्ठा और गम्भीरता से जुटी हुई है। सुन्दर चेहरे पर अभी से हल्की-सी लकीरें बन गई हैं और मुस्कान के बावजूद, जो इस समय उसके होंठों पर खेलने लगी है, उसका मस्तक, मस्तिष्क की सदा तनी रहने वाली नसों का परिचय देता है।

लेकिन इस सूक्ष्म-सी मलिनता के अतिरिक्त—क्या

पहरावे की सुरुचि, स्वच्छता और निर्दोषता और क्या व्यक्तित्व की स्फूर्ति, सजगता और जागरूकता—वह हर बात में अनिमा को मात देती है।

अनिमा उस मुक्त मृगी-सी लगती है, जो जाल के बन्धन से अनभिज्ञ है। उसके बनाव-सिंगार और पहरावे से पूरी बेपरवाही टपकती है।

उसके मुक़ाबले में अंजली ऐसे लगती है, जैसे कोई देवी, जिसके माथे पर किसी आन्तरिक विचार के कारण बल पड़ गए हों, अभी-अभी साँचे में ढलकर आई है।]

अनिमा : *(निरन्तर लेस बुनते हुए)* मैं तो हैरान रह गई अंजो दीदी, तुम्हारे यहाँ का सलीका और समय की पाबन्दी देखकर!

अंजली : *(प्रशंसा से फूलकर)* इस घर के कण-कण को मैंने सलीका, समय की पाबन्दी और सभ्य लोगों के रंग-ढंग सिखाए हैं। कहीं तुम पहले आकर देखतीं—घर भूतों का डेरा बना हुआ था। इतना बड़ा मकान, यह भी तो पता न चलता था कि कौन-सा कमरा खाने का है; कौन-सा सोने का और कौन-सा उठने-बैठने का। सभी जगह चारपाइयाँ, कपड़े और बर्तन बिखरे रहते थे।

अनिमा : लेकिन नौकर तो...

अंजली : थे। पर न उन्हें बात करने का ढंग आता था, न काम करने का! *(उपेक्षा से)* गन्दे, गँवार, चोर और बदतमीज़।

अनिमा : मैं तो हैरान रह गई मुन्नी को देखकर। नौकरानी लगती ही नहीं। मैं तो समझी, जीजा जी की बहन...

अंजली : *(सहसा मुड़कर)* हैं...ऐं...ऐं...!

अनिमा : इतनी साफ़-सुथरी, इतनी सुघड़, इतनी सभ्य...

अंजली : *(प्रसन्न होकर)* कितनी जान खपाई है उसके साथ, तुम कल्पना भी नहीं कर सकतीं। और राधू...

अनिमा : वह आया तो मैं समझी तुम्हारे ससु...*(घबराकर)* कि जीजा जी के पि...*(बेतरह घबराकर)* कि...कि...तुम्हारे कोई बुज़ुर्ग हैं। मैं उसके लिए आदर से कुर्सी छोड़कर खड़ी हो गई।

अंजली : बुज़ुर्ग...?

अनिमा : *(अपनी बातें जारी रखते हुए)* वह चौंका। पर जब तक वह कुर्सियाँ-मेज़ झाड़ता रहा, मुझे बैठने का साहस नहीं हुआ। हालाँकि मैं अच्छी तरह जान गई हूँ कि वह नौकर है, पर जैसे विश्वास ही नहीं होता।

अंजली : हमारे नाना जी कहा करते थे, नौकरों को सदा साफ़-सुथरा रखना चाहिए। जैसे घर के भाग्य का पता देहरी से चलता है, वैसे ही मालिकों के स्तर का पता नौकरों के पहरावे से लगता है। गन्दे नौकरों से नाना जी को बड़ी चिढ़ थी, उनके साथ रहकर मैं भी वैसी ही हो गई। मैं तो चाहती हूँ कि नीरज भी सफ़ाई-पसन्द, सभ्य और सलीके वाला बने।

अनिमा : बड़ा प्यारा बच्चा है नीरज। इधर से गुज़रा तो हाथ जोड़कर बोला—मौसी जी नमस्ते!

अंजली : *(फूलकर)* सभ्यता और शिष्टाचार की कमी तुम उसमें न पाओगी। *(उठती है और अन्दर के दरवाज़े पर जाकर आवाज़ देती है)* हो गया तैयार नीरू बेटे?

नीरज : *(पृष्ठभूमि से)* जी ममी!

अंजली : *(फिर पर्दे के पीछे दरवाज़े पर जाकर नौकरानी को आवाज़ देती है)* मुन्नी, नीरू बेटे को नाश्ता दे दो।

मुन्नी : *(पृष्ठभूमि में)* दे रही हूँ मेम साहब।

अंजली : वह हमेशा सुबह समय से उठता है, समय से अपने डैडी

के साथ सैर को जाता है, समय से स्नान-संध्या करता है और फिर कपड़े बदलकर ठीक वक़्त पर नाश्ते के लिए तैयार हो जाता है। हमारे नाना जी कहा करते थे—वक़्त की पाबन्दी सभ्यता की पहली निशानी है...और नीरू काम, आराम और खेल के समय का पूरा-पूरा ध्यान रखता है। समय पर पढ़ता है, समय पर आराम करता है और समय पर खेलता है। सोने की बेला खेलते या पढ़ते या पढ़ने की बेला खेलते या सोते तुम उसे कभी न पाओगी। *(जाकर देखती है कि चिलमची आदि साफ़ है या नहीं।)*

अनिमा : एक हमारे यहाँ के बच्चे हैं—आठ-आठ बजे तक सोते रहते हैं। कान उमेठ-उमेठ कर जगाना पड़ता है। महीनों स्नान नहीं करते और उद्दंड इतने हैं कि दूसरों का तो क्या, माता-पिता तक का आदर नहीं करते।

अंजली : नाना जी कहा करते थे—बच्चों को शुरू से ही अच्छी आदतें डालनी चाहिए...इतना बड़ा हो गया है नीरज, कभी कान उमेठने या डाँटने की नौबत नहीं आई।

अनिमा : मैंने पूछा—नीरज बेटा, नाश्ता तो तुम हमारे साथ ही करोगे न? कहने लगा—मैं अपनी ही मेज़ पर नाश्ता करता हूँ मौसी जी।

अंजली : उसकी अलमारी, मेज़, टॉयलेट का सामान, सोने का कमरा—सब कुछ अलग है। वह सदा अपनी मेज़ पर नाश्ता करता है; अपनी अलमारी में कपड़े रखता है; अपने बिस्तर में सोता है; अपनी कंघी से बाल बनाता है—अपने सब काम आप करता है। नाना जी कहा करते थे—बच्चों को अपनी मदद आप करने की आदत डालनी चाहिए...

अनिमा : मैं तो भई मान गई तुम्हें। मैं ख़ुद सोच रही हूँ, कुछ दिन तुम्हारे पास रहकर अपनी आदतें सुधारूँ। समय पर उठूँ, समय पर खाऊँ, समय पर सोऊँ। कहीं मुझे तुम्हारे ऐसा

सलीका और सुघड़ापा आ जाए...

अंजली : नाना जी कहा करते थे—सुघड़ापा स्त्री का गहना है और सदाचार पुरुष का—और मैं चाहती हूँ, नीरज सभ्य, शिष्ट और समयनिष्ठ बने!

अनिमा : और मैं कहती हूँ अंजो, तुम अपने उद्देश्य में पूरी तरह सफल हुई हो। अपने घर को तुमने घड़ी-सा बना रखा है, सब मानो उसके पुर्ज़े हैं।

अंजली : ज़िन्दगी स्वयं एक महान घड़ी है। प्रातः-संध्या उसकी सुइयाँ हैं। नियम-बद्ध एक-दूसरी के पीछे घूमती रहती हैं। मैं चाहती हूँ—मेरा घर भी घड़ी ही की तरह चले। हम सब उसके पुर्ज़े बन जाएँ और नियमपूर्वक अपना-अपना काम करते जाएँ।

अनिमा : जीजा जी को तो बड़ा बुरा लगता होगा यों बँधना?

अंजली : बुरा! *(कुर्सी पर बैठते हुए हँसती है)* बड़े सिटपिटाए थे पहले-पहल, पर मैं ले ही आई अपने ढब पर। सच कहती हूँ, मुझे नीरज पर इतनी जान नहीं खपानी पड़ी, जितनी तुम्हारे इन जीजा जी पर। कोई भी तो कल न थी सीधी। न सफ़ाई का ख़याल, न समय का। मुझे चीज़ों को अपनी जगह रखते देर लगती, इन्हें बिखेरते देर न लगती। नहाकर बाल बनाते तो कंघी कहीं रख देते, शीशा कहीं और तौलिया कहीं। कचहरी से आकर कपड़े बदलते तो कोट कहीं फेंक देते और पतलून कहीं। सच कहती हूँ, कई हैट टूट गए। आते ही कुर्सी पर पटक देते, फिर जब बेख़याली में बैठने लगते तो ठस्स! *(हँसती है।)*

अनिमा : लेकिन जीजा जी तो...

अंजली : *(मुँह बनाकर)* बड़े कल्चर्ड दिखाई देते हैं, कभी इधर की चीज़ उधर नहीं रखते। जी हाँ! जानती हो, कितनी माथा-पच्ची करनी पड़ी है इनके साथ? कितनी भूख-हड़तालें की

हैं? कितनी बार रूठकर पीहर जा-जा बैठी हूँ? *(हँसती है)* मैं जब आई तो इनके लिहाफ़ पर ग़िलाफ़ तक न था। मैंने लिहाफ़ के नीचे चादर लगा दी। लेकिन जब भी लिहाफ़ ओढ़ते, चादर एक ओर होती और लिहाफ़ दूसरी ओर। हारकर मैंने उसे लिहाफ़ के साथ ही सी दिया। दूसरे दिन क्या देखती हूँ—चादर लिहाफ़ के ऊपर तैर रही है—लिहाफ़ ही जनाब ने उलटा ओढ़ रखा था।

[अनिमा हँसती है।]

अंजली : क्या कहूँ, पलंग-पोश समेत बिस्तर में घुस जाया करते थे।

[वकील साहब—श्री इन्द्रनारायण—हँसते हुए प्रवेश करते हैं। अंजली से केवल आठ-दस वर्ष बड़े हैं, लेकिन शरीर उन्होंने अभी से छोड़ दिया है। यों अप-टू-डेट सूट पहने हैं। पतलून की क्रीज़ और कोट का कॉलर, लगता है, जैसे अभी प्रेस किये गए हैं। अंजली के साथ बैठें तो बेमेल नहीं लगते। उनकी बेपरवाही को सूट पूरे तौर पर छिपाए हुए है, लेकिन जब भी हँसते हैं तो पता चल जाता है कि वास्तव में सूट ने उन्हें कैसा जकड़ रखा है। बात करते हैं तो प्रायः कन्धे झटकाते हैं। पहले शायद विवशतावश ऐसा करते होंगे, पर अब तो यह उनकी आदत बन गई है।]

इन्द्रनारायण : अरे भई, दुनिया में दो तरह के लोग होते हैं—एक वो, जो आप भी चलते हैं और दूसरों को भी चलाते हैं—इंजन की तरह—अंजो उनमें से है। दूसरे वो, जो आप नहीं चल पाते, पर दूसरा कोई चलाए तो उसके पीछे-पीछे आराम

से चले जाते हैं...*(हँसते हैं)* गाड़ी के डिब्बों की तरह। तो भई, हम तो इन दूसरी तरह के लोगों में से हैं। *(कुर्सी खींचकर उसमें धँस जाते हैं।)*

अनिमा : गाड़ी के डिब्बे! *(हँसती है)* जीजा जी भी...

इन्द्रनारायण : और अंजो जैसे चलाती है, चले जाते हैं। क्यों अंजो! दिया कभी शिकायत का मौक़ा हमने तुम्हें? *(हँसते हैं)* दिन में तीन बार नहाते हैं, चार-चार बार हाथ-पाँव धोते हैं, कम-से-कम चार बार खाते हैं और पाँच बार...

अंजली : इस नाश्ते को आप...

इन्द्रनारायण : तुम इसे नाश्ता कह लो, हम तो इसे खाना ही कहेंगे। *(अपनी बात जारी रखते हुए)*...और पाँच बार कपड़े बदलते हैं। सफ़ाई, वक़्त की पाबन्दी, सभ्य-समाज के तौर-तरीक़े—सबका पूरा-पूरा ख़याल रखते हैं। *(हँसते हैं)* अंजो के साथ शादी करने के बाद लगता है, जैसे हम तो अछूत थे, अंजो ने आकर हमारा उद्धार किया।

[पूरे ज़ोर से ठहाका मारते हैं, जिसमें अंजो की 'आप तो...' और अनिमा की 'जीजा जी भी...' गुम हो जाती है।]

अंजली : *(लज्जा को स्वर की तीव्रता में छिपाकर)* मुन्नी, नाश्ता रखो मेज़ पर!

मुन्नी : *(नाश्ते की ट्रे लाते हुए)* यह लाई मेम साहब!

[नीचे की बातचीत में मुन्नी चुपचाप नाश्ते का सामान मेज़ पर रखे जाती है!]

इन्द्रनारायण : और सच है, हमने अपने आपको सोलहों आने अंजो के अनुरूप बना लिया है। *(उपेक्षा से मुँह बनाकर)* हमें ख़ुद अब गन्दे लोगों से सख़्त नफ़रत होती है। ये फ़ौजदारी के

वकील...आठों पहर अपराधियों के साथ रहने से ख़ुद भी उन्हीं जैसे लगते हैं। *(हँसते हैं)* वही आदतें, वही तौर-तरीक़े और भई, हम सच कहते हैं, कुछ की तो शक्ल भी....

अनिमा : *(हँसकर)* जीजा जी, आपकी शक्ल तो अभी भगवान की कृपा से...

इन्द्रनारायण : मुझे अंजो ने बचा लिया, नहीं उनके साथ रहकर तो मेरी सूरत भी...*(हँसते हैं)* सभ्यता और सदाचार तो उन्हें छू भी नहीं गए....

अंजली : नाना जी कहा करते थे—सदाचार पुरुष का भूषण है।

इन्द्रनारायण : पर भूषण-अलंकार स्त्रियों की चीज़ समझकर वे इसे पास भी नहीं फटकने देते। सदा अश्लील बातें करने में उन्हें रस मिलता है और गन्दे इतने होते हैं कि पास बैठना दूभर हो जाता है। जूतों-समेत मेज़ पर पाँव रखे, बैठे डकारते रहते हैं। *(अतीव घृणा से)* बदतमीज़ कहीं के। और पानी के बताशे, दही-बड़े और चाट खाकर...

अंजली : नाना जी कहा करते थे—दही-बड़े और चाट...

इन्द्रनारायण : मैं तो नाना जी को दुआ दिया करता हूँ, जिन्होंने तुम्हारे द्वारा मुझे इस चटोरपने से बचा लिया। क़सम ले लो, जो पिछले छह बरस में चाट को मुँह भी लगाया हो। और तो और, कभी नीरज...

अंजली : मुँह लगाने देती हूँ मैं नीरज को ऐसी गन्दी चीज़ें।

इन्द्रनारायण : जब मैं देखता हूँ कि बड़े-बड़े वकील-एडवोकेट दही-बड़े और पानी के बताशों जैसी निकम्मी चीज़ खाकर दोने वहीं फ़र्श पर फेंक देते हैं, तो मैं नाना जी को दुआ देता हूँ, जिनकी शिक्षा, अंजो के द्वारा, मुझे इस बदतमीज़ी से बचाये हुए है। भगवान साक्षी है, जो मैंने पिछले छह बरस से चाट को एक बार भी मुँह लगाया हो।

अनिमा : *(हँसकर)* केवल दोने देखे हैं।

[वकील साहब एक खोखला ठहाका लगाते हैं।]

अंजली : अच्छा, फिर हँसिएगा, पहले नाश्ता कर लीजिए।

इन्द्रनारायण : भई, मैं कहता था, कुछ देर प्रतीक्षा कर लेते। वह श्रीपत का पत्र आया था कि आज सुबह की गाड़ी से वह आ रहा है।

अंजली : *(व्यंग्य से)* आ गया श्रीपत! इन छह बरसों में उसने कितने पत्र नहीं लिखे, कभी आया भी?...आप भी बस... नाश्ता शुरू कीजिए!...नृपत भाई की चिट्ठी आती तो मैं आँखें दरवाज़े से लगाए बैठी रहती, पर श्रीपत...क्या भरोसा उसका?

[श्रीपत बैठक में प्रवेश करता है, पर अपना नाम सुनकर ठिठक जाता है। फिर धीरे-धीरे खाने के कमरे के पर्दे की ओर बढ़ता है।]

इन्द्रनारायण : भई, वह घुमक्कड़ आदमी है। सदा बाहर दौरों पर रहा है।

अंजली : जी, दौरों पर रहा है! जब भी इधर से गुज़रा, बड़े तमतराक से लिख दिया—श्रीमान राय श्रीपत राय इस बार अवश्य अंजो दीदी के ग़रीबख़ाने पर पधारेंगे—लेकिन सदा गुज़र गए और पता भी न दिया, किस गाड़ी से गुज़रे। नाना जी कहा करते थे कि श्रीपत...

श्रीपत : *(पर्दे के पास निकलकर)* श्रीमान राय श्रीपत राय पधारते हैं!

[सब चौंकते हैं। श्रीपत पर्दे के पास खड़ा है। कीमती सिल्क का कुर्ता और लट्ठे का पायजामा पहने हुए है, लेकिन कुर्ते के दो बटन खुले हैं और दोनों कपड़े तनिक मैले हो रहे हैं। आयु में अंजो

से दो-अढ़ाई वर्ष कम है, लेकिन अंजो की तरह पतला-दुबला और कमज़ोर व्यक्ति नहीं, खाने-पीने और मौज मनाने वाला आदमी है। लम्बा, तगड़ा और किंचित मोटा; कलाई में क़ीमती घड़ी और मुँह में स्टेट एक्सप्रेस का सिगरेट।]

इन्द्रनारायण : *(उल्लास से)* श्रीपत!

श्रीपत : *(सिगरेट वहीं फेंककर पैर से उसे मसलते और बढ़कर वकील साहब को आलिंगन में लेते हुए)* जीजा जी!

इन्द्रनारायण : *(उसे अपने आलिंगन में भींचकर)* भई, बड़ी उमर है तुम्हारी। अभी अंजो कह रही थी कि श्रीपत...

अंजली : श्रीपत, क्या कर रहे हो? धूल और पसीने से तुम्हारे कपड़े ग़च हो रहे हैं और तुम लिपटे जा रहे हो इनसे। चलो, नहाओ! कपड़े बदलो! सामान कहाँ है तुम्हारा?

श्रीपत : अरे दीदी! इतने बरस बाद मिले हैं जीजा जी से, तो क्या अच्छी तरह गले भी न मिलें *(फिर लिपट जाता है)* कहिए जीजा जी, कैसे मिज़ाज हैं हुज़ूर के? क़सम आपकी, युग बीत गए आपको देखे। कहिए, वकालत का क्या हाल है? सूरत से तो, क़सम आपकी, आप जज दिखाई देते हैं। फ़ौजदारी के वकील...*(अलग होकर, एक दृष्टि वकील साहब पर नख-से-शिख तक डालकर, सर हिलाते हुए।)* रत्ती भर नहीं। अंजो दीदी ने शायद...

अंजली : चाय ठंडी हुई जा रही है। चलो, नहा लो, फिर बातें करना। सामान कहाँ है तुम्हारा?

श्रीपत : सामान ही कौन-सा है, बिस्तर पड़ा है बाहर बरामदे में!

अंजली : सामान नहीं, लेकिन...

श्रीपत : अरे, आजकल सामान साथ लेकर चलने के दिन हैं?

अंजली : पर कपड़े...

श्रीपत : एक अचकन, कुर्ता और पायजामा होगा, सो बिस्तर में बन्द है।

अंजली : *(नौकर को आवाज़ देती है।)* राधू...राधू!

राधू : *(बाहर से)* जी मेम साहब! *(अन्दर आकर)* जी! जी!

अंजली : बाहर बरामदे में इनका बिस्तर पड़ा है, उठा लाओ! बाथरूम में नया तौलिया और साबुन रख दो! अलमारी से साबुन की नई टिकिया ले लो। ये नहाएँगे।

श्रीपत : तुम भी बस दीदी...अभी चला आ रहा हूँ। पसीना तक सूखा नहीं और तुमने नहाने का नादिरशाही हुक्म जारी कर दिया। *(कुर्ता उतारकर साथ की कुर्सी पर फेंक देता है)* ज़रा पंखा तेज़ कर दो दीदी, इंजन के धुएँ ने धूल और पसीने से मिलकर...

अंजली : अरे...रे...रे...क्या कर रहे हो श्रीपत! तुम्हें शर्म नहीं आती? देखो, यहाँ अन्नो बैठी है और तुमने कुर्ता उतारकर फेंक दिया। नंगे बदन तुम्हें यहाँ बैठे...

श्रीपत : अरे दीदी! तुम तो फ़िज़ूल ही गृहस्थी की चक्की से अपना माथा फोड़ रही हो तुम्हें तो सेना में कैप्टन या छोटी-मोटी लेफ़्टिनेंट हो जाना चाहिए।

इन्द्रनारायण : हिन्दुस्तानी सेना में अभी औरतों को लेते नहीं, वरना...

अंजली : *(अपने पति पर एक आग्नेय दृष्टि डालकर श्रीपत से)* शिष्टता तो तुम्हें छू भी नहीं गई। अन्नो बैठी है और तुम...

श्रीपत : *(कुर्सी घसीटते हुए)* इस समय तो मैं कुर्सी पर बैठ रहा हूँ, तुम पंखा ज़रा तेज़ कर दो दीदी। यह पसीना न सूखेगा तो मैं नहा न सकूँगा। *(हँसकर अनिमा की ओर मुड़ते हुए)* कहो अन्नो, तुम्हें तो जैसे युगों के बाद देखा है। मैं तो, क़सम तुम्हारी, पहचान भी न सका तुम्हें। सच कहना, क्या चन्द मिनट इस पंखे के नीचे मेरे बैठने पर तुम्हें कोई आपत्ति है? *(अंजली की आग्नेय दृष्टि को लक्ष्य करके)*

अरे दीदी! ऐसे देख रही हैं, मानो मैं कोई भारी अपराध कर रहा हूँ। अभी कहेंगी—*(अंजली की नक़ल उतारते हुए)* हमारे नाना जी कहा करते थे...तुम्हें अपने नाना जी की क़सम दीदी, क्षण भर को बिलकुल उनका ध्यान छोड़ दो और पंखे की हवा तेज़ कर दो।

[मेज़ पर पाँव टिकाकर आराम से कुर्सी पर बैठ जाता है।]

अंजली : मैं कहती हूँ, तुम कितने गँवार हो! यह खाने की मेज़ है और तुम यहाँ कपड़े उतारकर पसीना सुखाने बैठ गए हो। कोई हद भी है बदतमीज़ी की। नाना जी कहा करते थे...

श्रीपत : ...कि श्रीपत बेहद गँवार आदमी है। खाने की मेज़ पर बैठकर पसीना सुखाता है। मैं कहता हूँ दीदी, मैं इतनी मुद्दत के बाद यहाँ आया हूँ, तुम्हारा छोटा भाई हूँ, तुम लोगों से मिलने की हसरत दिल में लिये हुए न जाने कब से इस महान भारत के नगर-नगर भटक रहा हूँ। और तुम्हें मेरा पल भर को भी यहाँ बैठना नहीं सुहाता। तुम्हारी क़सम, मैं जितनी देर यहाँ रहूँगा, एक मिनट के लिए भी आप लोगों को अपनी नज़र से ओझल न होने दूँगा।

अंजली : यही तो मैं कहती हूँ, तुम उठो, नहाओ फिर बैठकर...

श्रीपत : मैं कहता हूँ, ब्रह्मा का वाक्य और मेरा वाक्य एक बराबर है। मैंने कहा न कि मिनट भर के लिए भी आप लोगों को मैं अपनी नज़र से ओझल न होने दूँगा। बाथ रूम में जाने की तो बात ही दूर रही।

अंजली : *(हताश भाव से)* ठंडी हो गई चाय तुम्हारी बातों में!

श्रीपत : फिर गर्म हो जाएगी। *(नौकर को आवाज़ देता है)* राधू! ओ राधू!

राधू : *(बाहर से)* जी आया साहब!

श्रीपत : *(हँसकर)* कुछ ही मिनट हुए हैं मुझे यहाँ आए और कितनी जल्दी तुम्हारे नौकर का नाम मुझे याद हो गया है! *(अपने आप हँसता है।)*

अंजली : क्या करेगा नौकर चाय का पानी गर्म करके?...फिर ठंडा हो जाएगा। तुम नहा तो लो।

श्रीपत : मैं कहता हूँ दीदी, चाय पीना भी कोई संध्या-वन्दन करना है कि स्नानादि की ज़रूरत हो। ज़रा गर्म-गर्म चाय का एक कप पिलाओ, जान-में-जान आए, नहाने की भी देखी जाएगी।

अंजली : *(घड़ी की ओर देखते हुए खीजकर)* मैं कहती हूँ, नाश्ते का समय कब का हो गया और तुम हो कि...

श्रीपत : यही तो कहता हूँ। बस झट-पट नाश्ता कर लिया जाय! *(ट्रे को अपनी ओर खींचता है)* सब लोग मेरे लिए क्यों बैठे रहें! भई, आप सब तो नहाकर बैठे हैं, मैं बिना नहाये बैठा सही। *(सहसा वकील साहब की ओर मुड़कर)* क्यों जीजा जी, आपको कोई आपत्ति है?

इन्द्रनारायण : *(अंजली की ओर देखकर और खखारकर)* मुझे...ए...ए...

श्रीपत : और अन्नो तुम्हें?

अनिमा : *(अंजली की ओर देखकर झिझकते हुए)* मैं...ऐं...ऐं...

श्रीपत : तो लाइए, चाय पी जाय! मुझे आप सबकी क़सम, सचमुच बड़े ज़ोरों की भूख लगी है। *(प्लेट से तोस उठाकर उस पर छुरी से मक्खन लगाते और खाते हुए)* और नहाने में मुझे कम-से-कम एक घंटा लग जाएगा। मेरी आदत है कि या तो मैं नहाता ही नहीं और नहाता हूँ तो महीनों की कसर एक ही दिन में निकाल देता हूँ। आप सब लोग बैठे रहेंगे मेरे लिए!

इन्द्रनारायण : *(राधू से, जो इस सम्भाषण में चुपके से आकर हाथ बाँधे, आदेश की प्रतीक्षा में खड़ा है)* राधू, ज़रा चाय का पानी

और लाओ! गर्म, गर्म! यह तो ठंडा हो गया।

श्रीपत : और फिर मैं सोचता हूँ, गर्म चाय पीने से जितना पसीना निकलना है, निकल जाय। इसके बाद नहाऊँ। इसलिए मैं सदा नहाने से पहले नाश्ता किया करता हूँ। *(टीकोज़ी उठाकर चायदान को छूता है)* चाय तो ख़ूब गर्म है जीजा जी। राधू, और पानी अलग टी-पॉट में लाओ। तब तक एक-एक प्याला इसी में से हो जाय! *(राधू जाता है, श्रीपत वकील साहब के प्याले में चाय ढालता है)* आप दूध तो ज़्यादा नहीं लेते? *(दूध डालता है)* और चीनी?

अंजली : *(आगे बढ़कर क्रोध से)* श्रीपत, तुम्हें टेबल-मैनर्ज़ का भी ज्ञान नहीं। हटो, मैं बनाती हूँ चाय।

श्रीपत : ना दीदी, चाय तो मैं अपनी सदा आप बनाता हूँ। तुम्हारी क़सम, दूसरा कोई काम ख़ुद नहीं करता, पर चाय—मैंने फ़ैसला कर रखा है कि या मेरी पत्नी आकर बनाएगी या फिर मैं ही...

अंजली : *(भाभी के आने की सम्भावना ही से जो प्रसन्न हो जाती है)* तुम करो भी शादी, लड़कियाँ तो हज़ारों...

श्रीपत : *(चाय की चुस्की लेकर)* अरे दीदी!...शादी की कल्पना में जो आनन्द है, वह शादी में कहाँ! *(सहसा वकील साहब की ओर मुड़कर)* जीजा जी से पूछ लो!

अंजली : क्यों, इन्हें क्या...

इन्द्रनारायण : नहीं भई, मैं तो...

श्रीपत : वाह जीजा जी!...आपको अपनी क़सम, भगवान को साक्षी जानकर कहिए, शादी की कल्पना में ज़्यादा मज़ा है या शादी में? याद है न, मैं अंजो दीदी की सगाई के सिलसिले में आपसे मिलने आया था—कितना हँसते थे आप उन दिनों, कितने ठहाके लगाते थे, कितनी बेपरवाही थी आपके स्वभाव में! जो जी चाहे खाते थे, जो जी चाहे

करते थे, जहाँ जी चाहे जाते थे। *(हँसता है)* और अब... इतनी देर से बैठे हैं और एक ठहाका भी तो आपने नहीं लगाया। आपकी क़सम, आप तो हाई कोर्ट के जज दिखाई देते हैं *(हँसता और चाय की चुस्की लेता है)* जबकि अभी आप एडवोकेट भी नहीं बने...जब एक वकील जज नज़र आने लगे तो समझिए कि वह बुड्ढा हो गया। वकील तो जवानी का प्रतीक है *(हँसता है)* और जज—बुढ़ापे का! क़सम आपकी जीजा जी, शादी ने आपको बुड्ढा बना दिया है। *(स्वयं ज़ोर से ठहाका लगाता और चाय पीता है)* और क्यों जीजा जी, अपना वचन तो आप नहीं भूले न! पिछली बार जब हम मिले थे तो आपने कहा था कि एक बार फिर दिलकुशा होटल में...

इन्द्रनारायण : *(इस बात से घबराकर कि श्रीपत अपनी झोंक में कुछ और न कह दे, प्याला हाथ ही में लिये उठ खड़े होते हैं)* लो भई, मुझे तो देर हो रही है। एक मामला है ज़रूरी। मैं लंच पर आने की कोशिश करूँगा उसे निबटाकर। मेरी प्रतीक्षा न करना।

[हाथ के प्याले को एक ही घूँट में समाप्त करके मेज़ पर रखते हुए चले जाते हैं।]

अंजली : हैट तो अपना लेते जाइए!

[उनके पीछे-पीछे जाती है। श्रीपत चाय का दूसरा प्याला बनाता हुआ गुनगुनाना आरम्भ कर देता है :]

श्रीपत : भरी बज़्म[1] में राज़ की बात कह दी
बड़ा बे-अदब हूँ, सज़ा चाहता हूँ।

1. मजलिस, सभा।

[श्रीपत गुनगुना रहा है, जब राधू दूसरा टी-पॉट लाता है और उसे मेज़ पर रखकर चला जाता है। अनिमा उसमें से अपना प्याला बनाती है।]

अनिमा : *(अपने प्याले में चाय ढालते हुए)* मैं पूछती हूँ, क्या आप किसी तरह के शिष्टाचार में विश्वास नहीं रखते?

श्रीपत : *(हँसकर)* किसी तरह के भी नहीं! शिष्टाचार शादी का, यों कह लो कि बन्धन का प्रतीक है। उधर आपकी शादी हुई, इधर आपके गले में शिष्टाचार का जुआ पड़ा। ये आपकी सास हैं—इनके सामने सिर नीचा किये शिष्टता से यों मुस्कराओ, मानो आपके सारे दाँत झड़ गए हैं। ये आपकी सलहज हैं—इनके सामने विनम्रता से ऐसे हँसो, मानो आपकी बत्तीसी मोतियों की है। ये आपकी पत्नी हैं—आचार-व्यवहार, सदाचार और शिष्टता की मौसी! *(ख़ूब ज़ोर से ठहाका मारता है)* मेरे ख़याल में आचार-व्यवहार के सभी क़ानून-क़ायदे शादीशुदा लोगों के अधेड़ दिमाग़ों की उपज हैं। इसलिए मैं ब्याह की कल्पना ही करता हूँ, उसके बन्धन में नहीं फँसता। *(सहसा अनिमा की ओर मुड़कर)* क्यों अन्नो, क्या तुम भी शादी-वादी करना चाहती हो या तुम्हें मेरी तरह ब्याह के सपने देखना ही पसन्द है?

अंजली : *(वापस आते हुए तनिक क्रोध से)* चलो अनिमा, चलकर बैठक में बैठें। चाय पी ली न तुमने?

[अनिमा प्याले को एक ही घूँट में समाप्त कर देती है।]

अंजली : *(नौकर को आवाज़ देकर)* राधू! राधू!

राधू : *(आँगन से)* जी आया! *(अन्दर आकर)* जी!

अंजली : राधू, यह सब उठाकर ले जा...और मैं कहती हूँ, मेज़ को अच्छी तरह साफ़ कर दे!

[नीचे के संवाद में राधू चुपचाप मालकिन के आदेश का पालन करता है।]

अंजली : सारी चादर ख़राब कर दी तुमने श्रीपत! तुम तो बच्चों से भी गए-गुज़रे हो गए। नीरज अपनी मेज़ पर खाना खाता है, लेकिन मजाल है जो कभी मेज़पोश ख़राब हुआ हो और तुम ऐसे हो कि...

श्रीपत : *(अपना प्याला लिये हुए कुर्सी सरका लेता है कि राधू को काम करने में सुविधा हो)* मैं कहता हूँ दीदी, तुम ज़रूर सेना में भरती हो जाओ! गृहस्थी ने तुम्हारे सारे गुणों को मटियामेट कर दिया है।

अंजली : हटो, और यह प्याला अब ख़त्म करो। इस ग़रीब को दूसरे भी काम देखने हैं। देखो, घड़ी में क्या वक़्त होने को आया है। चलो, आओ, उधर बैठक में चलकर बैठें। यहाँ राधू सफ़ाई करेगा।

[अनिमा उठती है]

श्रीपत : तुम चलो, मैं ज़रा यहीं आराम करूँगा। गर्म-गर्म चाय पीने से पसीना आ रहा है और पंखे की हवा बदन में ठंडी-ठंडी सरसराहट पैदा कर रही है...तुम्हारी क़सम, मैं तो यहाँ से उठकर स्वर्ग में भी न जाऊँ।

अंजली : पंखा तो उधर भी है।

श्रीपत : पर मुझमें उठने की ताक़त नहीं।

अंजली : हम तो जाते हैं, तुम बैठो यहाँ जितनी देर तुम्हारी इच्छा!

[राधू सामान उठाकर चला जाता है। श्रीपत कुर्ते

की जेब से सिगरेट निकालकर मुँह में रखता है। लेकिन दियासलाई शायद उसके पास नहीं है। पुनः जेबें टटोलता है। फिर राधू को आवाज़ देने वाला होता है कि नीरज कमरे के दरवाज़े से प्रवेश करता है।

नीरज दस-ग्यारह वर्ष का बच्चा है। नीली बुश्शर्ट और सफ़ेद निक्कर पहने, सुन्दर, सुकुमार और सुसंस्कृत! लेकिन चेहरा उसका गम्भीर है। बाल-सुलभ चंचलता का वहाँ सर्वथा अभाव है। उसकी चाल उस बछड़े की-सी है, जिसने गले में बँधी रस्सी के साथ समझौता कर लिया हो।]

नीरज : मामा जी नमस्ते!

श्रीपत : अख्ख...ा...ह...! भांजे साहब हैं। नमस्ते, नमस्ते! कहो नीरू बेटे...नीरज ही हो न तुम?

नीरज : जी मामा जी!

श्रीपत : *(उसे बाँहों में उठाकर)* अपने मामा जी के लिए दियासलाई की डिबिया तो लाओ बेटा।

नीरज : अभी लाया मामा जी।

[श्रीपत उसे उतार देता है। वह दियासलाई की डिबिया लेने पर्दे के पीछे रसोईघर की ओर भाग जाता है। श्रीपत फिर कुर्सी पर बैठकर टाँगें मेज़ पर रख लेता है, जिसे अभी राधू साफ़ करके गया है और कुर्सी पर झूलता हुआ गुनगुनाता है :]

श्रीपत : ऊधो, अँखियाँ अति अनुरागी!
इक टक मग जोवति अरु रोवति,

भूलेहुँ पलक न लागी!
ऊधौ, अँखियाँ अति अनुरागी![1]

[नीरज दियासलाई की डिबिया लेकर आता है। कुछ क्षण खड़ा गाना सुनता है, फिर आगे बढ़ता है।]

नीरज : लीजिए मामा जी!

श्रीपत : लाओ बेटे!

[नीरज दियासलाई देकर आदर से एक ओर खड़ा हो जाता है। श्रीपत वैसे ही टाँगें मेज़ पर रखे, दियासलाई जलाकर सिगरेट सुलगाता है और बड़े आराम से कश खींचता है।]

नीरज : *(पूर्ववत आदर से)* मामा जी, मेज़ पर टाँगें नहीं रखा करते।

[सहसा श्रीपत की टाँगें नीचे आ जाती हैं, फिर वह तनिक चौंककर नीरज की ओर देखता है और अनायास ठहाका मारता है।]

श्रीपत : *(फिर टाँगें उसी प्रकार मेज़ पर रखते हुए)* किसने कहा तुमसे!

नीरज : ममी कहा करती हैं मामा जी!

श्रीपत : वे तुम्हारे लिए कहती होंगी। तुम अभी बच्चे हो ना! जब तुम बड़े होकर किसी के मामा बनोगे तो तुम्हें भी मेज़ पर टाँगें रखकर बैठने की इजाज़त मिल जाएगी। *(फिर*

---

1. पहले संस्करण में निम्नलिखित गीत था :
   लट उलझी सुलझा जा रे बालम
   माथे की बिंदिया बिसर गई मोरी
   अपने हाथ लगा जा रे बालम
   लट उलझी सुलझा जा रे बालम

हँसता है) कहो, किस क्लास में पढ़ते हो?

नीरज : पाँचवीं में मामा जी!

श्रीपत : पढ़-लिखकर क्या बनना चाहते हो?

नीरज : डिप्टी कमिश्नर मामा जी!

श्रीपत : डिप्टी कमिश्नर बनने की बात तुम्हें किसने सुझाई?

नीरज : ममी ने मामा जी!

श्रीपत : तुम स्वयं क्या बनना चाहते हो?

नीरज : मैं...मैं...मैं तो मामा जी...

श्रीपत : यह तुम्हें हर बात के साथ 'मामा जी', 'मामा जी' कहना किसने सिखाया?

नीरज : ममी ने कहा है कि बड़ों से बात करते समय आदर से...

श्रीपत : तो हो चुके तुम डिप्टी कमिश्नर! इतने आदर से बात करोगे तो सरकार तुम्हें पटवारी बना देगी! अकड़कर चला करो, रौब से बात किया करो और...

नीरज : मैं तो कप्तान बनना चाहता हूँ मामा जी, पर...

श्रीपत : कप्तान?

नीरज : क्रिकेट का कप्तान!

श्रीपत : क्रिकेट खेलते हो?

नीरज : जी, ममी कहती हैं, बड़ा निकम्मा खेल है, चोट लग जाती है।

श्रीपत : तो फिर तुम बन चुके क्रिकेट के कप्तान। कितने घंटे खेलते हो?

नीरज : दो घंटे।

श्रीपत : और कितना पढ़ते हो?

नीरज : छह घंटे।

श्रीपत : छह घंटे खेला करो और दो घंटे पढ़ा करो!

नीरज : जी, मैं पास कैसे हूँगा?

श्रीपत : पास होने के लिए रोज़ बाक़ायदा दो घंटे पढ़ लेना काफ़ी

है और फिर तुम पास होते रहना चाहते हो या क्रिकेट के कप्तान बनना?

नीरज : कप्तान बनना!

श्रीपत : तो जाओ, रोज़ दो घंटे जमकर पढ़ा करो और छह घंटे डटकर खेला करो। तुम्हारे मामा जी दुआ करते हैं कि भगवान ने चाहा तो बड़े होकर तुम अवश्य क्रिकेट के कप्तान बनोगे और भारत तो क्या, संसार भर में नाम पाओगे।

नीरज : *(गद्गद होकर)* मामा जी...*(बढ़कर श्रीपत से लिपट जाता है।)*

अंजली : *(दूसरे कमरे से)* नीरज!

नीरज : जी ममी!

अंजली : *(कमरे में प्रवेश करते हुए)* यहाँ क्या कर रहे हो? उधर चलो, अपने कमरे में। पढ़ने का समय हो गया है। अभी तुम्हारे मास्टर साहब आते होंगे...काम कर लिया कल का तुमने?

नीरज : ममी, मैं तो खेलूँगा।

अंजली : *(क्रोध से)* क्या...? *(उसके कन्धे को थपथपाते हुए नरमी से)* चलो नीरू बेटे!

नीरज : छह घंटे खेलूँगा और दो घंटे पढ़ूँगा।

अंजली : *(क्रोध से)* क्या कहते हो! *(नरमी से)* चलो बेटा, तुम्हारे मास्टर साहब आने वाले हैं।

नीरज : मैं क्रिकेट का कप्तान बनना चाहता हूँ।

अंजली : *(क्रोध को बरबस रोककर नरमी के साथ)* पागल! सिर-पैर तुड़वाएगा क्रिकेट का कप्तान बनकर। तुझे तो डिप्टी कमिश्नर बनना है।

नीरज : मुझे डिप्टी कमिश्नर नहीं बनना। मैं तो क्रिकेट का कप्तान बनूँगा।

अंजली : *(क्रोध को रोक सकने में असफल होकर)* चल-चल, बन

लिया क्रिकेट का कप्तान, अब चलकर पढ़। मास्टर साहब के आने का समय हो गया है। *(उसे कान से खींचती हुई ले जाती है।)*

श्रीपत : अरे दीदी—तुम तो नीरू बेटे का कान उखाड़ दोगी।

अंजली : *(जाते-जाते मुड़कर क्रोध से)* चुप रहो श्रीपत! तुम चाहते हो, मेरा बेटा भी तुम्हारी तरह आवारा हो जाए! *(फुफकारती हुई)* काम के न काज के, अढ़ाई सेर अनाज के!

[बिफरी हुई चली जाती है और जाते-जाते मेज़ पर से दियासलाई की डिबिया उठा ले जाती है।]

श्रीपत : अरे दीदी! तुम तो व्यर्थ ही गृहस्थी की चक्की में अपनी जान खपा रही हो। तुम्हें तो कहीं सेना में कैप्टन या छोटी-मोटी लेफ़्टीनेंट हो जाना चाहिए!

[हँसता हुआ फिर कुर्सी पर आ बैठता है। सिगरेट उठाता है, लेकिन वह बुझ गई है और डिबिया अंजली जाते-जाते साथ ले गई है। इसलिए यों ही जेबें टटोलकर रह जाता है।]

श्रीपत : *(अपने आप)* भगवान ही बचाये दीदी से! दियासलाई की डिबिया ही जाते-जाते उठाकर ले गईं।

[टाँगें मेज़ पर रख लेता है और नौकर को आवाज़ देता है।]

श्रीपत : राधू...राधू!

राधू : *(दूर से)* जी आया। *(क्षण भर बाद आता है)* जी साहब।

श्रीपत : दियासलाई की डिबिया लाओ।

राधू : बहुत अच्छा साब!

[चला जाता है। श्रीपत गुनगुनाता है :]

श्रीपत : यह दस्तूरे ज़ुबाँबन्दी[1] है कैसा तेरी महफ़िल[2] में
यहाँ तो बात करने को तरसती है ज़ुबाँ[3] मेरी

[श्रीपत के गाने के मध्य पर्दा गिर जाता है। क्षण भर तक गाने की ध्वनि आती रहती है, इसके बाद निस्तब्धता छा जाती है।]

दूसरा दृश्य

[कुछ क्षण बाद पर्दा फिर उठता है। श्रीपत खाने की मेज़ पर जूतों-समेत सोया हुआ है। मेज़ की चादर गोला-सा बनी उसके सिर के नीचे तकिये का काम दे रही है। मेज़ चूँकि इतनी लम्बी नहीं कि वह टाँगें पसारकर लेट सके, इसलिए उसकी एक टाँग दूसरी के घुटने पर है, लेकिन दोनों टाँगें एक ओर को झुकी हुई हैं और अलग-अलग हुआ ही चाहती हैं।

मेज़ के पास फ़र्श पर एक आधा जला सिगरेट पड़ा है। घड़ी में बारह बज रहे हैं। पर्दा फिर गिर जाता है]

तीसरा दृश्य

[कुछ क्षण बाद पर्दा फिर उठता है। घड़ी में तीन बज चुके हैं। खाने के कमरे में श्रीपत पूर्ववत मेज़ पर सोया हुआ है, लेकिन उसके सिर के नीचे की चादर

1. मौन का नियम।
2. सभा।
3. ज़बान, वाणी।

फ़र्श पर पड़ी है और पाँव भी मेज़ के नीचे लटक रहे हैं। पर्दे के दूसरी ओर बैठक में अंजली और वकील साहब बातें करते हुए प्रवेश करते हैं।]

अंजली : आइए, अब दिखाऊँ श्रीपत को। खाने की मेज़ पर सोया हुआ है।

इन्द्रनारायण : खाने की मेज़ पर! तुम कह क्या रही हो!

अंजली : हाँ, हाँ, खाने की मेज़ पर! मैंने आपको इसलिए नहीं बताया कि सुबह उसके कारण नाश्ते को नौ बजे गए थे, अब बहाना न बनाती तो दोपहर के खाने को चार बज जाते! *(उन्हें खाने के कमरे की ओर ले जाती है।)*

इन्द्रनारायण : अरे भाई, तो उसे जगाया नहीं तुमने?

अंजली : जगाया, हुँह! *(बेज़ारी से सिर हिलाती है)* मैंने तीन बार जगाने की कोशिश की। एक बार 'ऊँ' 'ऊँ' करके सो गया। दूसरी बार सिर्फ़ करवट बदली। तीसरी बार कन्धों को झकझोरा तो बोला, 'दीदी, सो लेने दो, रात भर का जगा हुआ हूँ। थर्ड क्लास में सफ़र किया है। पल भर को भी आँख नहीं लगी।'

इन्द्रनारायण : थर्ड क्लास में!

अंजली : और हमारे नौकर तक इंटर में जाते हैं।

इन्द्रनारायण : सेकिंड या इंटर में शायद जगह न मिली हो। *(पर्दे के इधर खाने के कमरे में प्रवेश करते हुए, श्रीपत को सोये देखकर)* देखो तो कैसे सो रहा है? कोई तकिया ही रख दिया होता उसके सिरहाने।

अंजली : बिस्तर खोला था कि बिछाऊँ; देखती हूँ, न चादर है, न तकिया और वह अचकन और पायजामा, जिनका ज़िक्र बड़े तमतराक से हो रहा था, ग़ायब हैं।

इन्द्रनारायण : *(लेटे हुए श्रीपत की ओर स्नेह तथा दया-भरी दृष्टि से देखते हुए)* पर अपने तकिये तो थे।

अंजली : रखती कैसे? मेज़ की चादर रखी हुई थी तकिया बनाकर सिरहाने। शायद करवट लेते समय गिर गई। यह देखिए, पड़ी है।

इन्द्रनारायण : *(मेज़ के पास जाकर श्रीपत को जगाते हुए)* श्रीपत! श्रीपत! उठो भई...

[श्रीपत पहले करवट बदलता है, फिर लम्बी 'ऊँ-ऊँह!' करता है, फिर चुटकी बजाता और जँभाई लेता हुआ उठ बैठता है।]

श्रीपत : *(उलटे हाथ से आँखें मलते हुए)* अख्खाह! जीजा जी हैं। कहिए, आ गए आप? मेरा ख़याल है मैं कुछ पल के लिए सो गया था।

अंजली : *(मुँह बनाते हुए)* कुछ पल के लिए! मालूम भी है, क्या समय हो गया है? तीन बज चुके हैं! अन्नो के कमरे में खाना खाया तुम्हारे कारण। यहाँ मेज़ पर तो तुम सोये हुए थे।

श्रीपत : सोचता था, नाश्ता करके ज़रा आराम के साथ दो-एक सिगरेट सुलगाऊँगा, लेकिन ज्योंही मेज़ पर टाँगें पसारकर सिगरेट पीने के मूड में बैठा कि नींद आ गई। आपकी क़सम जीजा जी, यहीं कुर्सी पर नींद आ गई और सिगरेट... *(अपने आस-पास देखता है)* सिगरेट...वह देखिए, पड़ा है...ज़रा उठाना दीदी!...

[अंजली एक बार सिगरेट की ओर देखकर फिर क्रोध से श्रीपत की ओर देखती है।]

श्रीपत : अरे दीदी! यह कोई साँप है, जो तुम्हें काट खाएगा।

[अंजली नहीं हिलती। श्रीपत नौकर को आवाज़ देता है।]

श्रीपत : राधू, राधू!

राधू : *(अन्दर से)* जी आया...!

श्रीपत : *(वहीं से चिल्लाकर)* ज़रा दियासलाई की डिबिया लाना।

[वकील साहब सिगरेट उठाकर श्रीपत को देते हैं।]

श्रीपत : बात यह है कि जीजा जी, रात पल भर के लिए भी आँख नहीं लगी। कुर्सी पर बैठा कि ऊँघ गया।

इन्द्रनारायण : लेकिन तुम तो मेज़ पर...

श्रीपत : ये कमबख़्त डाइनिंग टेबल की कुर्सियाँ...जरा ऊँघ में एक ओर झुका कि लुढ़क गया।

इन्द्रनारायण : लेकिन भई, बिस्तर बिछवा लेते। नहीं तो उधर बैठक में तख़्त या काउच पर सो जाते।

[राधू प्रवेश करता है।]

राधू : यह लीजिए दियासलाई की डिबिया साहब।

अंजली : राधू, वह चादर उठा ले जाओ और धोबी के कपड़ों में डाल दो।

[राधू जाता-जाता चादर उठा ले जाता है।]

श्रीपत : *(वहीं बैठे-बैठे सिगरेट सुलगाकर उसका कश लेते हुए)* पर मैं इस मेज़ पर कैसे सो गया, यह मुझे ख़ुद मालूम नहीं। शायद कुर्सी से गिरने पर नींद की झोंक में...

अंजली : *(कटुता से)* अच्छी जगह निकाली है तुमने सोने के लिए!

श्रीपत : मैं असल में कभी-कभी सो जाया करता हूँ मेज़ पर। मैं कहता हूँ दीदी! तुम्हें याद है न, नाना जी की मृत्यु के बाद मैंने एक दैनिक निकालने की मूर्खता की थी। पत्र का मैंनेजिंग डायरेक्टर और सम्पादक भी मैं ही था। कई बार जब रात को सम्पादकीय लिखते-लिखते देर हो जाती,

क़सम तुम्हारी दीदी, पंखे के नीचे वहीं मेज़ पर सो जाता। दूसरे दिन जब आँख खुलती तो बारह बजे की शिफ़्ट काम पर आ चुकी होती। *(हँसता है)* मैंने आदेश दे रखा था चपरासियों को कि मुझे सोते में हरगिज़ न जगाया जाय। *(स्वयं ही ज़ोर से ठहाका मारता है।)*

अंजली : तुम्हें नींद कैसे आ जाती है सख़्त खुर्री मेज़ पर?

श्रीपत : *(हँसते हुए)* तुम ख़ूब जानती हो दीदी, तुम्हें मख़मल के गदेलों पर नींद न आती थी और हम खुर्री चारपाई पर सो जाया करते थे। तुम्हारे कमरे के पास से भी कोई गुज़रे तो तुम्हारी नींद उचट जाती थी और हमारे कानों के पास ढोल भी बजते तो हमें ख़बर न होती। तुम्हारी क़सम, मैं तो थर्ड क्लास में भी सो जाता, पर भीड़ कमबख़्त इतनी थी कि एक बार जाकर बैठा तो उठकर कमर तक सीधी न कर सका।

अंजली : पर ऐसी भी क्या मुसीबत पड़ गई कि सेकिंड छोड़, थर्ड में सफ़र करने लगे? नाना जी का दिया क्या...

श्रीपत : अब क्या बताऊँ दीदी, चला तो सेकिंड में ही था, पर मेरे डिब्बे में तो घोर सन्नाटा था। साथी मुसाफ़िर थे, पर मेरे लिए उनका अस्तित्व नहीं के बराबर था। *(हँसता है)* दोनों यूरोपियन, शायद अंग्रेज़! मुझसे तो क्या बोलते, बारह घंटे की यात्रा में कमबख़्तों ने आपस में भी नज़र तक न मिलाई। मैं तो ऊब गया वहाँ बैठे-बैठे। तभी एक स्टेशन पर...न जाने वह कौन-सा स्टेशन था...छोटा-सा...किसी क़स्बे का स्टेशन!...अब क्या कहूँ दीदी, कैसी छवि दिखाई दी! क़सम आपकी जीजा जी, बला की सुन्दर थी वह लड़की। नगरों का सौन्दर्य भी देखा है आपने—*(शरारत से अंजो की ओर देखता हुआ हँसता है)* पीला और बीमार! जिसे खाने के समय का इतना ध्यान रहता है कि खाना ही नहीं

पचता...और एक वह लड़की थी कि...कुन्दन की तरह दमकता हुआ रंग और यौवन का... *(जोश में मेज़ से नीचे उतर जाता है।)*

अंजली : *(बातचीत के इस रुख़ में पति की दिलचस्पी देखकर जिसके माथे पर तेवर चढ़ जाते हैं—क्रोध से)* मैं पूछती हूँ, आप श्रीपत की गन्दी बातें ही सुनते रहेंगे या आराम भी करेंगे। खाना खाया है, अब आराम कीजिए। फिर आपको जाना होगा।

इन्द्रनारायण : *(घबराकर)* चलो, चलो!

श्रीपत : *(ठहाका लगाता है।)* वाह जीजा जी! चल गया न आप पर भी अंजो दीदी का जादू! अजी साहब, अगर आपका जी बातें सुनने को चाहता है तो बातें सुनिए, सोने को चाहता है तो सोइए!

अंजली : चलिए! मैं कहती हूँ, इसकी बातें कभी ख़त्म न होंगी। नाना जी कहा करते थे कि आराम की बेला...

श्रीपत : आराम करना चाहिए! अरे दीदी, कभी समय नियत करके भी आराम किया जा सकता है? आराम किया जाता है, जब आराम को जी चाहे! जीजा जी के सोने का वक़्त है और मैं सोकर उठा हूँ, सुलाकर देख लो साथ-साथ, कौन ज़्यादा सोता है। *(ज़ोर से ठहाका मारता है।)*

अंजली : अच्छा, हम चलते हैं। तुम उठो और नहाकर खाना खा लो। आराम का वक़्त है, नौकर भी कुछ आराम कर लें। *(पति से)* चलिए!

इन्द्रनारायण : *(श्रीपत को आँख से संकेत करते हुए, अंजो से)* तुम बिस्तर बिछवा दो अंजो, मैं आता हूँ।

अंजली : बिस्तर तैयार है।

इन्द्रनारायण : *(वकील हैं न आख़िर)* तो ज़रा दफ़्तर में पंखा रखवा दो। छत का पंखा ख़राब है और मैं आज वहीं सोऊँगा। सोऊँगा

क्या, लेटे-लेटे आराम भी कर लूँगा और एक केस के बारे में रूलिंग भी देख लूँगा। राधू से कह दो कि खस की टट्टी पर ज़रा पानी छिड़क दे। कमरा ठंडा न हुआ तो मुझसे बैठा न जाएगा।

अंजली : *(जाते हुए)* जल्दी आ जाइएगा। फिर आपको जाना होगा न चार बजे। *(चली जाती है।)*

श्रीपत : *(बढ़कर वकील साहब के कन्धे को थपथपाते हुए)* मैं कहता हूँ, क्या हो गया है जीजा जी आपको? क़सम आपकी, आप तो बिलकुल बदल गए हैं। क्या तिलांजलि दे दी ज़िन्दगी के रस-रंग को आपने?

इन्द्रनारायण : *(लम्बी साँस भरते हुए, कन्धे झटकाकर)* अरे भई, समझौता करना ही पड़ता है जीवन में...

श्रीपत : समझौता ही किया है न आपने? *(शरारत से आँख दबाते हुए हँसता है)* समझौता ज़रूर करना चाहिए। तो फिर 'दिलकुशा' के वादे का क्या रहा? कुछ दोस्त इकट्ठे होंगे, एक साँझ तो गुज़ारी जाय वहाँ।

इन्द्रनारायण : नहीं भाई, मैंने तो...

श्रीपत : अरे जीजा जी...अब मुझसे न उड़िए। फ़ौजदारी के वकील और पारसाई? *(हँसता है)* मुझसे समझौता नहीं हो सकता। इतने बरसों के बाद मुलाक़ात हुई है आपसे तो...

इन्द्रनारायण : लेकिन भई, अंजो...

श्रीपत : उसे आप समझाइए, निकालिए कोई तरकीब।

इन्द्रनारायण : *(कुछ और पास आकर भेद-भरे स्वर में)* लेकिन भई, उस लड़की का क्या हुआ?

श्रीपत : किस लड़की का?

इन्द्रनारायण : अ-भई, वही, जो तुम्हें किसी स्टेशन पर मिली थी और जिसके लिए तुम थर्ड के डिब्बे में...

श्रीपत : *(हँसकर)* अरे जीजा जी...बस, तो जब मैंने उसे देखा,

अपना डिब्बा छोड़कर उसके डिब्बे में जा सवार हुआ।

[अंजली हाथ में एक सफ़ेद चादर लिये आती है।]

अंजली : *(चादर मेज़ पर बिछाते हुए)* आप अभी तक यहीं बातें कर रहे हैं। मैं कहती हूँ, चलकर कुछ आराम कर लीजिए। फिर आपको जाना होगा। और...

इन्द्रनारायण : *(घबराकर)* अरे भई, चलो...चलो...*(उसके पीछे चलते हुए)* चलो!

[दोनों चले जाते हैं।]

श्रीपत : *(अपने आप हँसता है)* इस घर के लोग भी पुर्ज़े हैं, क़सम भगवान की, मशीन के पुर्ज़े!

[कुर्सी घसीटकर बैठ जाता है और टाँगें मेज़ पर रख लेता है। मुन्नी प्रवेश करती है।]

मुन्नी : जी, आप खाना खा लीजिए। कब से पड़ा ठंडा हो रहा है।

श्रीपत : आप...आप...मेरा मतलब है कि आप से मेरा परिचय नहीं। आइए, बैठिए। *(कुर्सी की ओर संकेत करता है।)*

मुन्नी : जी, मैं यहाँ की नौकरानी हूँ।

श्रीपत : ख़ूब। *(ठहाका मारता है)* और मैं समझा, तुम अंजो दीदी की कोई ननद-वनद हो। क्या नाम है तुम्हारा?

मुन्नी : जी, मुझे मुन्नी कहकर पुकारते हैं।

श्रीपत : अरे, मुन्नी तो नन्ही-मुन्नी-सी लड़की को कहते हैं और तुम तो क़सम तुम्हारी, अब नन्ही-मुन्नी नहीं रही हो। आओ, ज़रा बैठो!

[टाँगें मेज़ के नीचे कर लेता है। मेज़ पर कुहनियाँ

टिकाकर ठोड़ी हथेलियों पर रख लेता है।]

मुन्नी : जी, आप खाना खा लीजिए।

श्रीपत : अजी, खाने का क्या है, खाए लेते हैं। तुम ज़रा बैठो...

मुन्नी : आप खाना खा लीजिए, हम लोगों के आराम का समय है।

श्रीपत : आराम का समय...आराम का समय...क़सम तुम्हारी, मैं तो पागल हो जाऊँगा। इस घर में जिसको देखो, उसके आराम का समय है। किसी नपे-तुले वक़्त में आराम भी किया जा सकता है कभी?...मुझसे यदि कहा जाय कि अब एक बज गया है, तुम्हारे सोने का समय है, सो जाओ ताकि दो बजे उठ सको, तो क़सम तुम्हारी, मेरी पलकें भी भारी न हों। मेरे कानों में एक बजे ही दो बजने लगें। नींद आती है जब आती है। चाहने पर कभी नहीं आती। क्यों मुन्नी, तुम्हें बँधे वक़्त का यह आराम पसन्द है?

मुन्नी : जी मैं...

श्रीपत : और हमारे घर में किसी तरह का बन्धन नहीं। बात असल में यह है कि स्वर्गीय नाना जी ने अंजो दीदी के दिमाग़ को जकड़ रखा है। वे थे भी तानाशाह। सदा अपनी राय दूसरों पर लादा करते थे...हमारे घर में ऐसा करना महापाप समझा जाता है। क़सम तुम्हारी मुन्नी, तुम चार दिन हमारे घर में रहकर तो देखो। कितनी आज़ादी है वहाँ। दिन के हर वक़्त तुम्हें वहाँ कोई-न-कोई नौकर सोता हुआ मिलेगा। *(हँसता है)* जब मालिक सोते हैं तो नौकर क्यों न सोएँ।

मुन्नी : जी, आप खाना खा लीजिए!

श्रीपत : मैं कहता हूँ, क़सम तुम्हारी, ममी तुम्हें बड़ा पसन्द करेंगी। मैं अंजो दीदी से तुम्हें माँग लूँगा!

मुन्नी : *(लटकते हुए-से कृतज्ञता-भरे स्वर में)* जी, आपकी बड़ी

किरपा है साब। आप खाना...

अंजली : *(बैठक से)* मुन्नी! तुम क्या कर रही हो यहाँ? *(प्रवेश करते हुए)* चलो, जाकर आराम करो! फिर तुम्हें साँझ के नाश्ते का प्रबन्ध करना होगा। आज दोपहर के खाने ही को इतनी देर हो गई।

मुन्नी : मेम साहब, मैं साब को खाना...

अंजली : तुम जाओ, मैं खाना देती हूँ इनको।

मुन्नी : आप आराम कीजिए मेम साब...

अंजली : मैं जो कहती हूँ, तुम जाओ, आराम करो। मैं देती हूँ खाना।

मुन्नी : बहुत अच्छा मेम साब...*(विवश चली जाती है।)*

अंजली : सदाचार तो तुम्हें छू भी नहीं गया श्रीपत। मेरी नौकरानी पर ही डोरे डालने लगे...।

श्रीपत : अरे दीदी...नौकरानी तो तुम्हारी बस ग़ज़ब की है। मेरी क़सम दीदी, इसे हमारे यहाँ भेज दो।

अंजली : शर्म तो नहीं आती श्रीपत। न बहन का ध्यान, न बहनोई का; न सदाचार का, न शिष्टता का। यही सिखाया है तुम्हें ममी और पापा ने। मैं तो भगवान को धन्यवाद देती हूँ कि नाना जी ने मुझे गोद ले लिया, नहीं...

श्रीपत : तुम्हें नाना जी की क़सम दीदी, इस नौकरानी को हमारे यहाँ भेज दो।

अंजली : *(चिढ़कर)* उठो श्रीपत, अभी जी नहीं भरा तुम्हारा इतना समय गँवाकर?...चलो उठो, नहा लो। नहीं नहाते तो हाथ-मुँह धो लो!

श्रीपत : न मानो दीदी। ऐसी बनी-सँवरी नौकरानी रखोगी तो जीजा जी कभी फिसल जाएँगे। आदमी हैं न आख़िर बेचारे।

अंजली : अच्छा, उठो यहाँ से, मेज़ की चादर बदल दूँ। अभी बदलकर गई थी कि तुमने फिर जूते टिका दिये इस पर। मैं पूछती हूँ, तुमने अभी तक यह भी नहीं सीखा कि खाने

की मेज़ की चादर पर जूते नहीं रखे जाते और चादर मेज़ पर बिछाने के काम आती है, तकिया बनाने के नहीं। *(बड़ी नरमी से)* उठो, मैं लाती हूँ नई चादर। तुम इतने में तैयार हो जाओ।

[चादर उठाकर चली जाती है। श्रीपत फिर मेज़ पर टाँगें रख लेता है और गुनगुनाता है :]

श्रीपत : सन्तोष तो हो जाता आशा तो उमग उठती,
देते तो वचन, चाहे करते न वचन पूरा।[1]

[अपने मामा को गाते सुनकर नीरज अपने कमरे से दबे पाँव आता है।]

नीरज : *(सरगोशी में)* मामा जी।

श्रीपत : आओ बेटे। क्या वक़्त पर आए हो। सुनो, हम गा रहे हैं। (गाता है :)

यह आस का मारा दिल इस सोच में रहता है,
होता कि नहीं होता, अब उनका वचन पूरा।[2]

: क्यों बेटे, पसन्द आया हमारा गाना?

नीरज : आप बहुत अच्छा गाते हैं मामा जी। और सुनाइए।

श्रीपत : बस बेटे। नहीं तो तुम चाहोगे कि क्रिकेट के कप्तान बनने के बदले गवैये बनो।

[दोनों हँसते हैं।]

---

1. पहले संस्करण में निम्नलिखित पंक्तियाँ थीं :
उम्मीद तो बँध जाती तस्कीन तो हो जाती
वादा न वफ़ा करते वादा तो किया होता।
2. नाकामे तमन्ना दिल इस सोच में रहता है
यों होता तो क्या होता, यों होता तो क्या होता [पहले सं. में]

नीरज : मामा जी, आप सोये नहीं?

श्रीपत : अभी सोकर उठा हूँ।

नीरज : मैं सोया था, पर नींद नहीं आई। मामा जी, आप ज़रा ममी से कहिए, मुझे क्रिकेट खेलने की आज्ञा दे दें।

श्रीपत : *(उसे गोद में उठाते हुए)* मैं ज़रूर कहूँगा। तुम्हारी क़सम बेटे, मैं यहाँ से जाते ही क्रिकेट का सारा सामान तुम्हें भेजूँगा—बैट, विकेटें, गेंद—सब। तुम हर रोज़ खेलना और अपने इस मामा जी के हक में दुआ करना। क्यों नीरज, याद रखोगे न अपने मामा जी को?

नीरज : *(श्रीपत के गले से लिपट जाता है)* मामा जी!

अंजली : *(दूसरे कमरे से)* नीरज, क्या कर रहे हो तुम यहाँ? *(चादर लिये हुए प्रवेश करती है)* तुम्हारे तो सोने का समय है। सोये नहीं, तुम क्या?

नीरज : नींद नहीं आती समी।

अंजली : *(मेज़ पर चादर बिछाते हुए)* चलकर लेटो, आ जाएगी! नाना जी कहा करते थे कि नींद न आए तो भी खाना खाने के बाद कुछ देर लेटना चाहिए। चलो, अपने कमरे में चलकर आराम करो। और श्रीपत, अभी तक यहीं बैठे हो! जाओ, बाथरूम में सब कुछ रखा हुआ है। नहा लो, अगर नहाना है; नहीं तो मुँह-हाथ धो डालो। मैं खाना लाती हूँ।

श्रीपत : मुझे खाने की ज़रा भी इच्छा नहीं दीदी।

अंजली : तो फिर क्या खाओगे?

[बाहर खोन्चेवाला आवाज़ देता है।]

खोन्चेवाला : चाट चटपटी मसालेदार, पानी के बताशे, दही-बड़े।

श्रीपत : मैं तो क़सम तुम्हारी, दही-बड़े खाऊँगा।

खोन्चेवाला : *(बाहर)* दही के बड़े।

श्रीपत : क्यों नीरज, खाओगे दही-बड़े?

नीरज : *(चुप)*

श्रीपत : आओ, तुम्हें दही-बड़े खिलाएँ।

[भागकर बैठक के बाहर वाले दरवाज़े में जाकर आवाज़ देता है।]

श्रीपत : ओ चाट वाले, ला इधर दही-बड़े और चाट।

[अंजली उसे रोकने के लिए उसके पीछे-पीछे बैठक में आती है। नीरज उसका आँचल पकड़े उसके पीछे है।]

नीरज : *(अपने मामा और चाट वाले की ओर लक्ष्य करके अनुनय के स्वर में)* ममी।

[अंजली उसका हाथ झटक देती है और क्रोध-भरी दृष्टि से उसे देखती है।]

श्रीपत : *(मुड़कर)* अरे दीदी। इस कोप-दृष्टि से बच्चे की ओर क्यों देख रही हो। मैं कहता हूँ, सब खाएँगे दही-बड़े। *(फिर मुड़कर ज़ोर से आवाज़ देता है)* ओ दही-बड़े वाले इधर ला दही-बड़े और पानी के बताशे!

अंजली : श्रीपत, रहने दो, इसका पेट ख़राब हो जाएगा।

श्रीपत : अगर तुमने बचपन ही में इसका पेट ऐसा कमज़ोर बना दिया तो क़सम तुम्हारी दीदी, बड़े होते-न-होते निश्चय ही ख़राब होकर रहेगा।

अंजली : मैं पूछती हूँ, दही-बड़े भी कोई खाने की चीज़ है?

श्रीपत : उसके पास पानी के बताशे और मूँगी के लड्डू भी हैं—चटपटे और मसालेदार। *(नौकर को आवाज़ देता है)* राधू...राधू...!

राधू : *(किचन से)* जी साब! *(अन्दर आकर)* जी!

श्रीपत : खोन्चे वाला बैठा है बाहर, उससे पानी के बताशे और दही-बड़े लाओ! *(अंजली से)* आओ दीदी, उड़ाएँ दो-दो! *(राधू से, जो जाने को मुड़ता है)* और सुनो, मूँगी के लड्डू भी ले आना अंजो दीदी के लिए।

[राधू चला जाता है।]

अंजली : मुझे नहीं खाने मूँगी के लड्डू और पानी के बताशे। नाना जी कहा करते थे कि चाट...

श्रीपत : सख़्त बुरी चीज़ है। लेकिन कभी-कभी बुरी बात भी कर देखनी चाहिए। बहुत भलाई को भगवान पसन्द नहीं करता। *(हँसता है)* जिस तरह सुन्दर बच्चों को कुदीठि से बचाने के लिए उनके माथे पर काला टीका लगा दिया जाता है, उसी तरह मित्र-शत्रुओं की बुरी नज़र से अपनी भलाई की रक्षा करने को मैं भी कभी-कभार ऐसी-वैसी बुरी बात कर लिया करता हूँ। तभी तो आज दिन तक मेरी भलाई उसी तरह बनी है।

अंजली : *(व्यंग्य से)* भलाई! *(तिक्त मुस्कान उसके होंठों पर फैल जाती है)* क्या बात है तुम्हारी भलाई की! तुम्हीं को मुबारक हो यह भलाई!

इन्द्रनारायण : *(दफ़्तर के दरवाज़े से झाँकते हैं)* भई, क्या बात है? *(पास आकर)* झगड़ क्यों रहे हो? *(श्रीपत की ओर देखकर शरारत से आँख दबाते हैं)* मैं तो सो ही गया था अंजो, तुम्हारे ज़ोर-ज़ोर से बोलने की आवाज़ सुनी तो चला आया।

अंजली : यह श्रीपत नीरज को दही-बड़े खिला रहा है।

श्रीपत : आइए जीजा जी, दही-बड़े बिकने आए हैं, पानी के बताशे हैं और चाट। आइए, कुछ...

इन्द्रनारायण : भाई, मैंने तो छह वर्ष से कभी चाट को मुँह नहीं लगाया...

अनिमा : *(हँसती हुई प्रवेश करती है)* केवल दोने देखे हैं।

श्रीपत : भई, क्या ख़ूब मौक़े पर खाई हो अन्नो। तुम्हारी क़सम, दही-बड़े आए हैं, फ़र्स्ट क्लास! जीजा जी ने भी छह बरस से चख़कर नहीं देखे और मुझे भी, भगवान झूठ न बुलाए, सदियाँ गुज़र गई हैं उनकी सूरत देखे...आओ बैठो। *(राधू को आवाज़ देता है)* राधू, अब ले भी आ दही-बड़े।

अनिमा : मैं नहीं खाती दही-बड़े।

[बाहर से कुलफ़ीवाले की आवाज़ आती है।]

कुलफ़ीवाला : कुलफ़ी मलाय का बरफ़!

श्रीपत : लो, कुलफ़ी खाओ। तुम्हारी क़सम, कुलफ़ी हो, फिर ऊपर से मलाई वाली हो तो और क्या चाहिए। *(ज़ोर से राधू को आवाज़ देता है)* राधू, बैठाइयो कुलफ़ीवाले को।... किसी ने कहा है—भिन्नता जीवन का रस है...तो आए, जो चाहे कुलफ़ी खाए, जो चाहे दही-बड़े और जो चाहे पानी के बताशे और चाट। *(सहसा वकील साहब की ओर मुड़कर)* कहिए जीजा जी, क्या खाएँगे?... रुकिए नहीं... हाँ...हाँ...कह दीजिए...कह दीजिए।

[राधू एक बड़े थाल में सभी चीज़ों की प्लेटें रखकर ले आता है। श्रीपत उससे लेकर तिपाई पर रखता है।]

इन्द्रनारायण : *(प्रकट उदासीनता से)* मैं पानी के बताशे ही ले लूँगा।

श्रीपत : तुम नीरज?

नीरज : मैं कुलफ़ी लूँगा।

अंजली : फिर पड़े रहोगे बीमार पेचिश से कई दिन।

श्रीपत : *(अंजो की बात सुनी-अनसुनी करके)* तुम अन्नो?

अनिमा : मैं मूँगी के लड्डू लूँगी।

श्रीपत : अरे, मुन्नी और दूसरे नौकरों को भी बुलवा लो। इस घर

में तो उन्हें भी युग बीत गए होंगे इन चीज़ों की शक्ल देखे। *(सहसा अंजो की ओर मुड़कर)* कहो दीदी, तुम कुलफ़ी लोगी, दही-बड़े खाओगी, मूँगी के लड्डू, चाट या सभी चीज़ें?

अंजली : *(जलकर लगभग चीख़ते हुए)* नाना जी कहा करते थे—'दुनिया में तीन तरह के आदमी होते हैं। एक वो, जो आप भी चलते हैं और दूसरों को भी चलाते हैं—इंजन की तरह। दूसरे वो, जो आप नहीं चलते, पर चलाओ तो चले जाते हैं—गाड़ी के डिब्बों की तरह। और तीसरे वो, जो न आप चलते हैं, न दूसरों को चलने देते हैं—ब्रेक की तरह।' नाना जी कहा करते थे—'श्रीपत...'

श्रीपत : ब्रेक है, ब्रेक! *(गगन भेदी ठहाका लगाता है)* वाह दीदी! लाख रुपये की बात कही है तुमने। *(थाल से कुलफ़ी की प्लेट उठाता है)* लो, इसी बात पर कुलफ़ी खाओ।

अंजली : *(चिढ़कर)* मैं नहीं खाती कुलफ़ी।

श्रीपत : लो नीरज, तुम लो कुलफ़ी। दीदी पानी के बताशे लेंगी। *(ट्रे से पानी के बताशों की तश्तरी लेकर)* लो पानी के बताशे।

अंजली : *(झुँझलाकर)* मुझे नहीं चाहिए पानी के बताशे।

श्रीपत : लीजिए जीजा जी, आप पानी के बताशे। दीदी मूँगी के लड्डू लेंगी। *(ट्रे से मूँगी के लड्डू उठाकर)* लो दीदी, मूँगी के लड्डू।

अंजली : *(बेतरह खीजकर)* रखो ये मूँगी के लड्डू अपने ही पास। मैं इनके बिना भली।

श्रीपत : *(अंजली की चिड़चिड़ाहट की ओर ध्यान दिये बिना)* लो अन्नो, तुम लो ये मूँगी के लड्डू। दीदी का जी असल में दही-बड़े खाने को हो रहा है। *(दही-बड़े उठाता है)* लो दीदी, दही-बड़े। मसाला भी देखो, कैसा चटपटा है?

अंजली : *(क्रोध से चिल्लाकर)* श्रीपत, तुम्हें शर्म नहीं आती...

श्रीपत : तुम्हारी इच्छा दीदी। दही-बड़े फिर हमीं खाए लेते हैं। *(दही-बड़ा मुँह में रख लेता है।)*

अंजली : *(अपने पति से)* मैं कहती हूँ, आप मस्त होकर पानी के बताशे उड़ा रहे हैं, कुछ ख़याल भी है, अब समय क्या हो रहा है—चार बजने को हैं!

श्रीपत : *(चौंककर)* क्या कहा? चार बजने को हैं। *(दही-बड़े की तश्तरी खट् से रख देता है।)* मेरा...मेरा कुर्ता कहाँ है?

[जल्दी-जल्दी खाने के कमरे में जाकर कुर्सी से कुर्ता उठाकर उसे बाँहों में उड़सता हुआ वापस आता है।]

इन्द्रनारायण : क्यों, क्या बात है?

श्रीपत : मुझे चार बजे 'दिलकुशा' पहुँचना है। मेरे मित्र चार बजे वहाँ पहुँच रहे हैं। राधू, मेरा बिस्तर उठाओ। ताँगा रास्ते ही में पकड़ लेंगे।

[दूसरा दही-बड़ा उठाकर मुँह में रख लेता है। राधू चला जाता है]

अंजली : पर बिस्तर का क्या करोगे?

श्रीपत : उधर ही से स्टेशन पर चला जाऊँगा। सात बजे की गाड़ी से जाना है मुझे।

अंजली : बिस्तर तो मैंने खुलवा दिया।

श्रीपत : अच्छा, तो राधू के हाथ भिजवा देना 'दिलकुशा होटल' में।

अंजली : गन्दा था, पानी के टब में पड़ा है।

श्रीपत : *(ठहाका लगाता है)* अरे दीदी...ख़ैर, जब धुल जाय तब भिजवा देना। अब तो मैं चलता हूँ।

अंजली : मुझे क्या मालूम था कि तुम झंझा की तरह आओगे और तूफ़ान की तरह चले जाओगे।

श्रीपत : *(हँसता है)* भगवान ने चाहा तो फिर आऊँगा अंजो दीदी और धूल की तरह टिककर बैठूँगा। अच्छा तो नमस्ते। *(हँसता हुआ दोनों हाथ मस्तक तक ले जाता है।)*

अंजली : अरे, तो राधू कहाँ है! उससे कहो ताँगा लाए!

[आँगन के दरवाज़े से निकल जाती है। वकील साहब श्रीपत को एक ओर ले जाते हैं।]

इन्द्रनारायण : *(उसके कन्धे को एक हाथ से थपथपाते हुए, सरगोशी में)* क्यों भई, सचमुच जा रहे हो?

श्रीपत : *(वैसी ही धीमी आवाज़ में)* अरे जीजा जी, आज कौन जाता है! रात तो 'दिलकुशा' में दिलकशी रहेगी। कहिए, चलिएगा!

इन्द्रनारायण : अच्छा भई, बड़े गुरू निकले। दही-बड़े की प्लेट तो यों खट् से रख दी मेज़ पर, जैसे बड़े लाट साहब से मिलने जा रहे हो। *(और भी धीरे से)* कहो, कुछ वह भी...

श्रीपत : और अंजो दीदी समझती हैं, बड़े बरख़ुरदार क़िस्म के पति हैं आप...

इन्द्रनारायण : अरे भई, समझौता करना ही पड़ता है। तुम आ गए हो, नहीं *(लम्बी साँस लेकर)* हम और देखें स्वर्ग की रँगरेलियों के स्वप्न![1] *(दबी-सी हँसी हँसते हैं।)*

[अंजली प्रवेश करती है।]

अंजली : *(आते-आते)* लीजिए, आ गया ताँगा। ख़ाली जा रहा था, आवाज़ देकर बुला लिया।

---

1. मूल संस्करण में निम्नलिखित पंक्ति थी :
हम और आरज़ू-ए-विसाले-परीरुख़ाँ!

इन्द्रनारायण : ऐ हुम! अंजो, मैं जरा श्रीपत को स्टेशन तक पहुँचा आऊँ।

अंजली : हाँ, तो देर करके न आइएगा।

नीरज : मामा जी! *(श्रीपत से चिमट जाता है।)*

श्रीपत : *(उसे चूमकर प्यार से अलग करते हुए)* हम नीरज बेटे के लिए क्रिकेट का सामान भेजेंगे। दीदी, इसे क्रिकेट खेलने की आज्ञा दे दो। बड़ा होकर निश्चय ही क्रिकेट का कप्तान बनेगा। *(अनिमा की ओर मुड़कर)* अन्नो, मुद्दत के बाद मिले थे, पर...*(हँसता है)*...अब के फिर मिले तो आशा है, तुम भी अंजो दीदी की तरह हमारे एक नये जीजा जी को बाँधे हुए होगी। *(स्वयं ठहाका मारता है)* और अंजो दीदी, नमस्ते। दुआ है कि हमारे नाना जी का जादू तुम्हारे सिर से उतरे और तुम भी देखो कि चाट आख़िर कोई वैसी बुरी चीज़ नहीं है। *(ठहाका मारता है)* चलिए जीजा जी।

नीरज : मामा जी नमस्ते!

[लेकिन नीरज का स्वर राधू, मुन्नी और अन्नो के 'नमस्ते-नमस्ते' में डूब जाता है। श्रीपत वकील साहब के साथ सबकी 'नमस्ते' का उत्तर देता हुआ निकल जाता है।]

नीरज : *(प्रसन्नता से उछलकर)* मामा जी हमारे लिए क्रिकेट का सामान भेजेंगे?

अंजली : *(क्रोध से मुड़कर)* चल, हाथ धो और किताबें लेकर बैठ। भेजेंगे तुम्हारे लिए क्रिकेट का सामान मामा जी। गणित के मास्टर साहब आने वाले होंगे...

नीरज : ममी...

अंजली : मैं कहती हूँ चल! लेके बैठ गया कुलफ़ी खाने। जैसे कभी मिली ही न हो कोई चीज़ खाने को। अन्नो, तुम

ज़रा इसके हाथ धुलाना और बैठाना इसे पढ़ने की मेज़ पर। *(कमरे में चारों ओर नज़र घुमाती है)* क्या हाल हो गया चन्द घंटों में कमरे का! *(नौकर को आवाज़ देती है)* राधू, राधू! *(सिगरेट के एक टुकड़े को, जो फ़र्श पर पड़ा सुलग रहा है, जाकर पाँव से मसलकर बुझाती है)* कुछ दिन और रह जाता तो मैं सचमुच जाकर सेना में भरती हो जाती—अभी चादर बदली थी कि फिर गन्दी कर दी। *(चीख़कर नौकर को आवाज़ देती है।)* राधू!

राधू : *(आते हुए)* जी मेम साब!

अंजली : उठा ये सब चाट, दही-बड़े और मूँगी के लड्डू। तुम और मुन्नी खा लेना। और यह मेज़ साफ़ कर, चादर लाकर बदलूँ। चाय का समय हो गया!

[राधू चुपचाप सामान उठाने लगता है, अंजली की नज़र घड़ी पर चली जाती है]

अंजली : *(चौंककर)* अरे, यह घड़ी रुक गई। राम...राम...राम! मैं भी चाबी देना भूल गई। दस बरस से बाक़ायदा इसे चाबी देती आ रही हूँ। नाना जी कहा करते थे—श्रीपत ब्रेक है, ब्रेक!

[मेज़ को दीवार के साथ करके उस पर चढ़कर घड़ी को चाबी देती है।]

अंजली : मेरे घर में ब्रेक का क्या काम? मेरा घर इसी घड़ी की तरह चलेगा। लगातार, साँझ-सबेरे!...*(घड़ी टिक-टिक करने लगती है।)* टिक-टिक, टिक-टिक और कोई चीज़ इस नियम को तोड़ न सकेगी। *(सहसा घड़ी की टिक-टिक बन्द हो जाती है)* अरे, यह फिर खड़ी हो गई। राधू...राधू!

[राधू जो सामान समेटकर जाने को होता है, अपनी मालकिन की ओर प्रश्नसूचक दृष्टि से ताकता है।]

अंजली : घड़ी टूट गई राधू। शायद मैंने इसे ज़्यादा चाबी दे दी।

[अंजली दोनों हाथ उठाए परेशान-सी मेज़ पर खड़ी है, जब पर्दा गिरता है।]

दूसरा अंक

पहला दृश्य

[बीस वर्ष बाद पर्दा उसी मिले-जुले खाने के कमरे और बैठक में उठता है। बीस वर्षों के इस अरसे में यद्यपि पर्दों के कपड़े, मेज़पोश और गद्दियों तथा तकियों के ग़िलाफ़ बदल गए हैं, लेकिन कमरों की सजावट और सफ़ाई में वैसा अन्तर नहीं आया! केवल बैठक में किचन को जाने वाले दरवाज़े के ऊपर अंजो दीदी का आदम-क़द चित्र ऐसे लगा है कि कमरे के दोनों भागों से नज़र आ रहा है। चित्र की अंजो दीदी पहले दृश्य जैसी ही लगती है, वय में थोड़ी बड़ी और कुछ ज़्यादा गम्भीर। चित्र में भी उसके माथे की नस साफ़ तनी दिखाई देती है और आँखें, लगता है, जैसे इस ऊँचाई से कमरे में होने वाले प्रत्येक कार्य-व्यापार को देख रही हैं।

खाने के कमरे में सामने की दीवार पर एक पाँच वर्ष पुराना कैलेंडर लटक रहा है।

पर्दा उठते समय खाने की मेज़ की पाँच कुर्सियाँ मेज़ के नीचे हैं, छठी पर अन्नो बैठी लेस बुन रही है।

अनिमा की वेश-भूषा और बालों की बनावट में बेपरवाही वही बीस बरस पुरानी है। हाँ, उनमें कही-कहीं सफ़ेद तार दिखाई दे रहे हैं और शरीर भी कुछ मोटा हो गया है।

कुछ क्षण बाद बाहर के कमरे से ओमी तेज़-तेज़ आती है—बिलकुल अंजो दीदी की तरह—और जाकर रसोईघर के दरवाज़े पर नौकरानी को आवाज़ देती है :]

ओमी : मुन्नी, नाश्ता रखो मेज़ पर! *(किंचित कड़े स्वर में)* तुम कर क्या रही हो? आठ बजने को आए हैं और नाश्ते का कहीं पता नहीं। *(अन्दर की ओर मुड़ती है, लेकिन फिर कुछ याद आ जाने से दरवाज़े तक जाती है)* और सुनो, जज साहब आज इधर ही नाश्ता करेंगे।

मुन्नी : *(पृष्ठभूमि में)* बस, लिये आ रही हूँ मेम साब!

[ओमी, खट्-खट् करती, अन्दर के कमरे की चौखट पर जाती है।]

ओमी : नीलू बेटे, कपड़े बदल लिये तुमने?

नीलम : *(अन्दर से)* जी, हो गया तैयार ममी!

[फिर खट्-खट् करती हुई किचन के दरवाज़े तक जाती है।]

ओमी : *(किचन के दरवाज़े से)* मुन्नी, नीलम का नाश्ता उसके कमरे में पहुँचाओ! और देखो, राधू को भेजो नज़ीर साहब के यहाँ, साहब को बुला लाए। आकर नाश्ता कर लें, फिर चाहे सारा दिन बैठे गप लड़ाएँ। *(वापस आकर कुर्सी खींचती है और अन्नो के सामने आ बैठती है।)*

ओमी : *(अन्नो की आँखों को अपने ऊपर टिके और उनमें मुस्कान की हल्की-सी रेखा को देखकर)* क्या करूँ अन्नो मौसी, शोर न मचाऊँ तो नाश्ते को बारह बज जाएँ। *(हँसती है।)*

[आश्चर्य कि ओमी की चाल-ढाल, रंग-रूप—सब अंजो दीदी-सा है। बस सूरत अलग है। नहीं तो पतला-छरहरा शरीर वही, दुर्बल नसें वही, उन्नत ललाट पर हल्के तेवर वही—लगता है, अंजो दीदी ही का दूसरा रूप धरती पर उतर आया है।]

अनिमा : *(उठकर कमरे में घूमते हुए)* सोचती हूँ, अगर परलोक में भी आदमी इस लोक की ख़बर रखता है और आत्मा भी कोई चीज़ है तो तुम्हें अपने पद-चिह्नों पर चलते देखकर अंजो की आत्मा बड़ी प्रसन्न होती होगी। चुना भी तो बीसियों में से था उसने तुम्हें। अंजो चाहती थी ऐसी बहू, जो उसके घर को बिलकुल उसकी तरह चला सके। हम मज़ाक़ किया करती थीं कि तुम ऐसी बहू लाओगी, जो पानी भी डाइनिंग टेबल पर जाकर पिये। *(फिर बैठ जाती है।)*

ओमी : मैं कहाँ कर सकी उनकी तरह, ये कुछ करने ही नहीं देते!

अनिमा : नीरज पर अपनी माँ की प्रतिक्रिया हुई। उसने अपने मामा को अपना आदर्श बनाता। पर अंजो के रहते वह सब कहाँ होता और फिर सभी श्रीपत जैसे तो नहीं बन सकते।

ओमी : मैं कोशिश करती हूँ कि नीलू अपने पिता के बदले अपने दादा-दादी पर जाय।

अनिमा : आज तुम्हें पूरे आठ बजे नाश्ता रखाते देखकर मुझे उन दिनों की याद हो आई, जब अंजो जीवित थी और मेज़ पर ठीक सुबह के आठ बजे नाश्ता आ जाता था।

ओमी : हमारे घर में तो इन्होंने कोई नियम रहने ही नहीं दिया और मैं इन्हीं के साथ बँधी हूँ, लेकिन बच्चे को मैं अब भी ठीक समय पर खिलाती-पिलाती, पहनाती-ओढ़ाती और सुलाती-जगाती हूँ। ममी अपने नाना का ज़िक्र किया करती थीं; इनको तो वे उन जैसा नहीं बना सकीं, पर मेरा नीलू ज़रूर उन जैसा बनेगा।

अनिमा : कल से तुम जिस तरह लगी हो और आज उठते ही तुमने जिस तरह सब प्रबन्ध किया है, उसे देखकर लगता ही नहीं कि इस घर में कभी सुस्ती का राज्य रहा है। अंजो को मरे पाँच वर्ष हो गए, इसका पता भी नहीं चलता।

ओमी : जाने क्यों अन्नो मौसी, इस घर में आते ही मुझे लगा कि अगर मैंने सुबह उठकर ठीक आठ बजे नाश्ता न लगवाया तो अच्छा न होगा। मन्दिर में जैसे पूजा का समय बँधा होता है और पुजारी चूक जाय तो दिन भर उसके मन में खटक रहती है कि उससे अपराध बन आया है, इसी तरह मुझे भी लगा कि ठीक आठ बजे नाश्ता मेज़ पर न आया तो भारी अपराध हो जाएगा।

अनिमा : तभी तो मैंने कहा कि मुझे उन दिनों की याद आ गई, जब मैं अंजो के होते यहाँ आई थी।

ओमी : *(उत्साह से)* ममी का सब काम घड़ी की बाक़ायदगी से होता था और मैं चाहती हूँ कि हमारे घर में जो भी होता रहा हो, इस घर में सब काम वैसे ही घड़ी की तरह... *(सहसा उसकी दृष्टि सामने टँगी घड़ी पर जाती है और फिर वह कलाई पर बँधी घड़ी की ओर देखती है)* अरे, यह घड़ी तो बन्द है। कल सारे कमरे की सफ़ाई की; पर्दे, तख़्तपोश, मेज़पोश, गद्दियों और तकियों के ग़िलाफ़ बदले, घड़ी साफ़ कराई, पर चाबी देना भूल गई। *(उठती है)* अन्नो मौसी, ज़रा मदद देना, इस घड़ी को चला दें। इसकी टिक-टिक के बिना कुछ भी ठीक न लगेगा। ज़रा इस मेज़ को वहाँ तक खिसकाने में मदद दो तो मैं इस पर चढ़कर स्वयं घड़ी ठीक कर दूँ।

अनिमा : अरे, नौकर को आवाज़ दो।

ओमी : अभी एक मिनट में ठीक कर दूँगी अन्नो मौसी। घड़ी ठीक करने वाला नौकर तो इस घर में नया रखना पड़ेगा।

[अन्नो उठती है। दोनों मेज़ को दीवार तक खिसकाती हैं। मेज़पोश अलग कर और जूता उतारकर ओमी उस पर चढ़कर घड़ी को चाबी

देती है। कलाई की घड़ी देखकर समय मिलाती है। आठ बजने में कुछ ही मिनट हैं। घड़ी टिक-टिक करने लगती है। ओमी चिल्लाती है :]

ओमी : घड़ी चलने लगी मौसी। जाने कब से इसे किसी ने चाबी नहीं दी!

[उछलकर उतरती है। जूते पहनती हुई जाकर चिलमची में हाथ धो, तौलिये से पोंछती है। फिर अन्नो की सहायता से मेज़ ठीक जगह रख, मेज़पोश बिछा, दोबारा हाथ धोने को जा रही होती है कि उसकी दृष्टि सामने लगे कैलेंडर पर जाती है।]

ओमी : अरे, यह कैलेंडर किसी ने उतारा नहीं! *(पास जाकर महीने और साल का नाम पढ़ती है)* मार्च 1948...पाँच बरस से लगा है! *(कैलेंडर उतारकर, गोल करके उसे चिलमची-स्टैंड के नीचे रखते हुए)* उसी महीने तो अचानक ममी का देहान्त हो गया था...जब से मालूम होता है किसी ने नहीं उतारा।

अनिमा : तुम लोग तो ख़ैर नौकरी से आए और चले गए, पर जीजा जी तो यहीं थे। जज बनने के बाद क्या इतने सुस्त हो गए कि...

ओमी : *(फिर चिलमची में हाथ धो, तौलिये से पोंछते हुए)* नहीं, जज बनने की बात नहीं मौसी, दरअसल ममी के देहान्त के बाद पापा को किसी बात का होश ही नहीं रहा। उनका तो जैसे अपने-आप पर से अधिकार ही उठ गया। नौकरों ने जो रख दिया, खा लिया; जो दे दिया पहन लिया। ये कमरे रोज़ साफ़ होते रहे, लेकिन पिछले पाँच वर्ष से पापा कभी इधर नहीं आए। अपने दफ़्तर और उसके साथ

के कमरों में खाते-सोते और मित्रों से मिलते-जुलते रहे। इधर की एक भी चीज़ उन्होंने बदलने नहीं दी। *(उठकर रसोईघर के दरवाज़े के पास जाती है)* मुन्नी, नाश्ता रखो मेज़ पर! पापा का नाश्ता भी इधर रखो और उनसे आने को कह आओ।

मुन्नी : जी, अभी जाती हूँ मेम साब!

ओमी : और वह राधू नहीं गया? कहता उनसे जाकर कि समय से नाश्ता कर लें, फिर चाहे सारा दिन गप लगाते रहें।

मुन्नी : गया हुआ है मेम साब!

ओमी : *(वापस आते हुए)* आज पापा शायद इन पाँच वर्षों में पहले दिन इधर नाश्ता करेंगे। *(फिर कुर्सी पर बैठते हुए)* मैं यहाँ रहती तो पापा को किसी तरह का कष्ट न होने देती। असल में उन्हें कभी आदत नहीं रही अपने आप को देखने की। उनकी हर ज़रूरत का ध्यान ममी रखती थीं। बाथरूम में साबुन और तौलिया तक रखना वे नौकर पर न छोड़ती थीं। हम यहाँ रहे नहीं। इनकी नौकरी ही ऐसी है कि छह महीने इस शहर में, तो साल भर उस शहर में। पाँच साल की लगातार कोशिश और पापा की सिफ़ारिश के बाद अब जाकर अपने शहर में नियुक्ति हुई है। तुमने तो देखा ही था मौसी, पापा कुछ बदलने ही न देते थे। पर मैंने कहा कि सब वैसे ही होगा, जैसा ममी के समय में होता था। हर चीज़ घड़ी की बाक़ायदगी से चलेगी। *(उठकर दीवार से पर्दे तक चक्कर लगाती है)* इस घर की तो जैसे चूलें ही हिल गई हैं, मौसी। यही मुन्नी है, कितनी देर से चिल्ला रही हूँ नाश्ता रखने को। कर तो जाती ऐसी देर ममी के समय में! फिर से बैठानी पड़ेंगी चूलें इस घर की, मौसी! ओवरहाल करना पड़ेगा इस घर को? *(ज़रा-सा हँसती है, गले में घंटियाँ-सी बज उठती हैं।)*

अनिमा : जीजा जी ने अपना रहन-सहन बदल लिया है शायद!

ओमी : *(किंचित भेद-भरे स्वर में)* शायद नहीं मौसी—निश्चित रूप से। नौकरों पर जो कड़ाई ममी के ज़माने में थी, वह नहीं रही, पर अपने आप पर कड़ाई पापा ने कहीं ज़्यादा बढ़ा दी है। ममी के मरने के बाद उन्होंने अपना जीवन बड़ा ही नियमित बना लिया है। *(और भी धीमे स्वर में)* और तो और उन्होंने शराब को मुँह तक लगाना छोड़ दिया है।

अनिमा : जीजा जी तो लगभग रोज़ पीने लगे थे।

ओमी : बरसों तक पीते रहे। पहले तो कभी-कभी पीते थे, फिर रोज़ पीने लगे और यह घर नरक बनता चला गया। यही तो दरअसल ममी की बेवक़्त मौत का कारण हुआ।

अनिमा : तो क्या अब बिलकुल नहीं पीते?

ओमी : हाथ भी नहीं लगाते! बल्कि ये और इनके दोस्त भी उनकी आँख बचाकर पीते हैं।

अनिमा : *(अंजो के चित्र की ओर संकेत करते हुए)* तब तो अंजो की जीत हुई।

ओमी : *(धीमे स्वर में)* हमने तो पापा को कभी पीते नहीं देखा मौसी। ममी के देहान्त पर ही पता चला था कि रोज़ पीते थे और छिपकर पीते थे। सुनती हूँ, पहले कभी हाथ भी न लगाते थे। ममी को पसन्द ही नहीं था उनका पीना। फिर पीने लगे। एक बार, बहुत पहले—मेरी शादी से भी दस-बारह बरस पहले—मामा श्रीपत आए थे, बड़े फक्कड़, पियक्कड़ और सैलानी! जाते-जाते बहाने से पापा को साथ ले गए। जब पापा वापस आए तो नशे में धुत्त थे। उसी रात ममी को पहला दौरा पड़ा।

अनिमा : *(जैसे अपने आप से)* मैं उन दिनों यहीं थी।

[लेकिन ओमी उसकी बात नहीं सुनती। उठकर

रसोईघर की ओर जाने लगती है कि मुन्नी नाश्ता लिये हुए आती है। युवा, चंचल और चपल मुन्नी अब अधेड़ दिखाई देती है, लेकिन इस बात के अतिरिक्त उसके पहरावे में कोई अन्तर नहीं। एकदम सफ़ेद धोती और ब्लाउज़ उसने पहन रखा है, बाल ढंग से बने हैं और माथे पर छोटी-सी बिन्दी है।]

मुन्नी : *(ओमी के पास से गुज़रते हुए)* यह नीलू बाबू को नाश्ता खिला आऊँ तो इधर भी रखती हूँ।

ओमी : *(उसके साथ-साथ जाते हुए)* उसे खिलाने की ज़रूरत नहीं। अब वह बड़ा हो गया है। अपने आप खा लेगा। तुम उसको नाश्ता देकर आओ और इधर नाश्ता रखो। जज साहब को कहलवाया नहीं आने को?

मुन्नी : *(नीलम के कमरे के निकट से)* वे कहते हैं, मेरा नाश्ता राधू के हाथ यहीं मेरे कमरे में भिजवा दो।

ओमी : राधू के हाथ! *(हँसती है)* राधू में शक्ति भी है नाश्ता ले जाने की? अपना आप ही लाए-ले जाए तो बड़ी बात है। आया नहीं वह?

मुन्नी : आ ही रहा होगा मेम साब!

[चली जाती है, ओमी उसके पीछे-पीछे दरवाज़े में जा खड़ी होती है।]

ओमी : देखो, तुम नीलम का नाश्ता रखकर जाओ और जज साहब का नाश्ता तैयार करो। मैं उनको नाश्ता देती हूँ, इतने में तुम इधर रख दो। *(नीलम से)* देखो नीलम बेटे, अपना नाश्ता कर लो। मुन्नी को अभी तुम्हारे पापा और दादा जी का नाश्ता तैयार करना है।

[वापस अन्नो के पास आती है। नीचे लिखे संवाद

में मुन्नी नीलम का नाश्ता रखकर चली जाती है।]

ओमी : देखा मौसी, कहकर भी पापा नहीं आए। दरअसल ममी की अचानक मृत्यु ने पापा के दिल पर बड़ा असर किया। उन्हें लगा, जैसे वे ही उनकी मृत्यु का कारण थे।

अनिमा : एक तरह से तो उनका ख़याल ठीक है, लेकिन सच पूछो तो अंजो स्वयं अपनी मृत्यु का कारण थी।

ओमी : अब मैं क्या बताऊँ, हम तो बरेली में थे, जब हमें तार मिला। यहाँ आकर यही मालूम हुआ कि जब ममी को पहला दौरा पड़ा था तो पापा ने सौगन्ध खाई थी कि वे अब कभी न पिएँगे, पर उन सौगन्धों के रहते भी वे पीने लगे। ममी के दौरे बढ़ते गए। नसें तो उनकी कमज़ोर थीं ही, इसलिए हर बार उनका क्रोध दुगने वेग से उभरता और वे पागल-सी हो जातीं। पापा कुछ दिन छोड़ देते, पर फिर पीने लगते। बरसों तक यही क्रम चला और एक बार तो लगा कि ममी सचमुच पागल हो जाएँगी, क्योंकि पापा पीते ही न थे, पीकर वे सब हरकतें भी करते थे, जिनसे ममी को चिढ़ थी। *(उठकर उद्विग्नता से कमरे का एक चक्कर लगाती है)* फिर ऐसा हुआ कि पापा ने पीना बिलकुल छोड़ दिया। ममी आश्वस्त हो गईं। तभी कुछ दिन बाद उन्हें पता चला कि वे तो लगभग रोज़ पीते हैं, कचहरी ही में उन्होंने इसका प्रबन्ध कर रखा है। उस दिन जब पापा घर आए तो सुनती हूँ कि ममी को ऐसा भयानक दौरा पड़ा कि फिर वे उससे नहीं उठीं।

अनिमा : मैं उन दिनों यहीं थी, मैं सब जानती हूँ।

ओमी : उस स्थिति में ममी की मृत्यु से पापा के दिल पर कुछ ऐसा असर हुआ कि उन्होंने फिर न घर, न कचहरी—शराब को कभी हाथ नहीं लगाया। अपना जीवन नियमित बना

लिया उन्होंने और एकदम संन्यासी-से बन गए।

मुन्नी : *(रसोई की ओर के दरवाज़े में से झाँकते हुए)* जज साब का नाश्ता तैयार है मेम साब।

ओमी : *(उठते हुए)* मौसी, तुम मुन्नी से इधर नाश्ता रखवाना, मैं इतने में पापा को नाश्ता करा आऊँ।

[तेज-तेज़ चली जाती है। कुछ क्षण बाद मुन्नी ट्रे लिये हुए खाने की मेज़ की ओर आती है और उसके पीछे-पीछे नाश्ते की ट्रे लिये ओमी बैठक में से होकर जज साहब अर्थात श्री इन्द्रनारायण के कमरे की ओर जाती है। उसके पीछे-पीछे राधू है—इन बीस वर्षों में वह और भी बुड्ढा हो गया है। गर्दन उसकी धीरे-धीरे काँप रही है, एक हाथ भी काँप रहा है।]

राधू : बहू रानी, यह मुझे दे दो...बहू रानी, यह मुझे दे दो। तुम कष्ट न करो, मैं ले जाऊँगा नाश्ता। मैं रोज़ ले जाता हूँ।

ओमी : हाँ, तुम रोज़ ले जाते हो, पर आज से मैं ले जाया करूँगी।

[जज साहब के दफ़्तर में चली जाती है। राधू वहीं खोया-सा खड़ा रहता है। कुछ खदबदाता है और बेबसी से हाथ मलता-सा कमरे के आगे टहलता है। तभी बाहर के दरवाज़े से नीरज और नज़ीर बातें करते और ठहाका लगाते हुए प्रवेश करते हैं।]

नीरज : *(हँसते हुए)* मैं इलाहाबाद में टी.आर.ओ. था तो रोज़ दफ़्तर में बीसियों अर्ज़ियाँ आती थीं। मेरी तो वहाँ ससुराल है। कुछ तो राय साहब मुझे दूसरी जगह रहने न देते, कुछ मैं भी कोशिश न करता। जो आदमी मुझे मकान

के लिए तंग करता, मैं कहता—भाई, क्या करूँ, मुझे तो ख़ुद मकान नहीं मिला, अपनी ससुराल में रहता हूँ। एक सरदार जी बहुत बार आ चुके थे और मैं उन्हें अनजाने में कई बार यही जवाब दे चुका था। एक दिन जलकर कहने लगे—*(पंजाबी स्वर में नकल उतारते हुए)* 'बादशाहो, जे साडी वी ससुराल इत्थे होंदी तो हम भी आपको कभी तंग करने न आउँदे!'

[ज़ोर से ठहाका लगाता है। नज़ीर उसके ठहाके में योग देता है।]

नीरज : ऐसे बीसियों क़िस्से हैं। अब ग़र्ज़मन्दों और ज़रूरतमन्दों का ख़याल करें; उन दोस्तों का ख़याल करें, जो समझते हैं कि हमें कान से पकड़कर हमसे सब काम करा सकते हैं; उन गांधी-टोपियों का ख़याल करें, जिन्हें पहनने वाले यह सोचते हैं कि उन्हें देखते ही टी.आर.ओ. तो दूर, कलेक्टर तक को अदब से खड़े हो जाना चाहिए और ज़रूरत पड़े तो अपने ससुर को निकालकर उनके ससुर को उसमें जमा देना चाहिए। *(ज़ोर से ठहाका लगाता है)* मैंने इन सब खुदाई फ़ौजदारों के तगादों का एक ही हल निकाल रखा है—उन सबके केस टॉप प्रायर्टी[1] पर रहते हैं, पर उनकी अर्ज़ियाँ और सिफ़ारिशें फ़ाइलों के नीचे दबी रहती हैं और कभी समय पर नहीं मिलतीं।

नज़ीर : और केस उनके टॉप प्रायर्टी पर रहते हैं!

नीरज : और केस उनके टॉप प्रायर्टी पर रहते हैं!

[दोनों अनायास ठहाका लगा देते हैं।]

---

1. टॉप प्रायर्टी = अत्यावश्यक, सर्वोच्च प्राथमिकता।

नीरज : इन गांधी-टोपियों और इनकी सिफ़ारिशों का इसके अतिरिक्त और कोई इलाज नहीं।

नज़ीर : तुम्हें यक़ीन न आएगा, पिछले दिनों हमारे दफ़्तर में दो चपरासियों की जगह ख़ाली हुई। एक चपरासी का नाम ऊपर से आया—किसी मंत्री के भतीजे के साले का साला या बहनोई या जाने क्या था—जब मैंने आना-कानी की तो डायरेक्टर ऑफ़ प्रोग्राम्ज़ ने फ़ोन किया कि मंत्री महोदय ने ख़ुद उसके नाम की सिफ़ारिश की है। मुझे बड़ा ग़ुस्सा आया। मैं स्टेशन डायरेक्टर न हुआ, घसियारा हो गया, जो एक चपरासी भी अपनी इच्छा से नहीं रख सकता और एक वह ज़माना था कि हम पी.ए. तक सीधे भरती कर लेते थे। मैंने फ़ोन के जवाब में कह दिया कि बजट कट जाने और ऑल-राउंड इकोनॉमी ड्राइव[1] के कारण मैंने वे नौकरियाँ छाँट दी हैं; जब तक बजट बहाल नहीं हो जाता, मैं कोई चपरासी नहीं रख सकता। *(हँसता है)* बड़े साहब बहुत सिटपिटाए, पर उनका जूता उन्हीं के सिर। इकोनॉमी ड्राइव चल रही थी, वे ख़ुद 'बचत करो, बचत करो' का शोर मचा रहे थे, मेरे इस जवाब पर चूँ तक न कर सके।

[आत्म-तोष से हँसता है। नीरज भी उसकी हँसी में योग देता है। ओमी जज साहब के कमरे से निकलती है।]

ओमी : अब फिर हँसिएगा, पहले नाश्ता कर लीजिए!

नीरज : हँसने से तो मेरी जान, नाश्ते का कोई सम्बन्ध नहीं। हम नाश्ता करते हुए भी हँस सकते हैं।

---

1. ऑल राउंड इकोनॉमी ड्राइव = चतुर्दिक बचत करने का अभियान।

ओमी : *(जिसके माथे पर अपने पति के इस फक्कड़पन से तेवर पड़ जाते हैं)* कल आप कलेक्टर हो जाएँगे, पर बात आप को तब भी करनी न आएगी।

नीरज : कलेक्टर तो ख़ैर, मैं इस जन्म में नहीं होता, हो भी जाऊँ तो...

ओमी : बातें फिर कीजिएगा। चलिए, नाश्ता कीजिए। चाय ठंडी हो जाएगी। *(नज़ीर से)* चलिए नज़ीर भाई।

नज़ीर : नहीं भाभी, अब नहीं। हम तो फिर आएँगे, फ्रिज में कुछ बियर की बोतलें रखा छोड़िएगा।

ओमी : लेकिन पापा ने तो...

नज़ीर : वह हम जानते हैं भाभी, जज साहब जब सैर को जाएँगे, तभी हम जमेंगे। अच्छा, बाई-बाई... *(हाथ को सिर तक उठाता हुआ चला जाता है।)*

नीरज : अरे भाई, एक प्याला चाय तो...

[लेकिन नज़ीर बिना मुड़े, इनकार में हाथ हिलाता, चला जाता है।]

ओमी : *(नीरज को साथ लिये खाने के कमरे में आते हुए)* मैंने कितनी बार कहा है कि सबके सामने आप लोफ़रों की तरह ऐसे बातें न किया कीजिए। आप अब सिटी मैजिस्ट्रेट हो गए हैं।

नीरज : सिटी मैजिस्ट्रेट होकर क्या मैं आदमी नहीं रहा।

ओमी : तो क्या आदमी का यही गुण है कि वह लोफ़र हो। जो सभ्य और शिष्ट हैं, वे क्या आदमी नहीं? पापाजी...

नीरज : *(खाने की मेज़ के नीचे से कुर्सी घसीटकर उस पर बैठते हुए)* तुम पापा की बात बेकार करती हो। पहली बात तो यह है कि वे हाई कोर्ट के जज हैं और जज और सिटी मैजिस्ट्रेट में बड़ा फ़र्क़ है। जज बड़ी-सी विग लगाए,

लम्बा-सा मुँह बनाए, ऊँची-सी कुर्सी पर बैठा, वकीलों के बयान सुनता और गहर-गम्भीर फ़ैसले देता है। हाई कोर्ट के उस गम्भीर वातावरण में ज़रा-सी अशिष्टता या लोफ़री की गुंजाइश ही कहाँ है? सिटी मैजिस्ट्रेट को नगर भर के गुंडों, चोर-बाज़ारियों, परमिट-होल्डरों, सेठ-साहूकारों और पुलिस वालों से काम पड़ता है और कोई भला आदमी उन भले आदमियों के साथ कैसे निभा सकता है? क्यों मौसी?

अनिमा : मैं तो न कभी सिटी मैजिस्ट्रेट की अदालत में हाज़िर हुई हूँ, न जज की।

नीरज : *(उठकर दोनों हाथ फैलाकर आदाब बजा लाते हुए)* सिटी मैजिस्ट्रेट तो आपकी सेवा में प्रस्तुत है। जज साहब को देखने के लिए आपको उस कमरे में पधारना होगा।

ओमी : *(जो इस बीच में बराबर चाय बनाती रही है, प्याला उसकी ओर बढ़ाते हुए)* सारे मैजिस्ट्रेट आप ही की तरह लोफ़र होते होंगे?

नीरज : मेरे देखने में जितने आए हैं, वे तो लगभग मेरे जैसे ही हैं। बाकी, दूध के धुले कहीं छिपे हों, तो मैं कह नहीं सकता। हर पेशे की अपनी ख़ूबी होती है मेरी जान। मेरा ख़याल है, मैजिस्ट्रेसी ऐसे ही आदमी को चाहती है। कोई भला आदमी सफल मैजिस्ट्रेट या कलेक्टर हो ही नहीं सकता।

ओमी : *(अपना प्याला बनाकर स्वयं भी बैठते हुए)* आप अपने आईने में दूसरों को मत देखिए। चोर को सारी दुनिया चोर नज़र आती है। आपका ख़याल है कि नीलम बड़ा होकर कलेक्टर बनेगा तो अशिष्ट, असभ्य और लोफ़र होगा? आप विश्वास रखिए, वह एक भला, दयानतदार, सभ्य,

शिष्ट और विनम्र हाकिम होगा। मैं हमेशा इस बात की शिक्षा उसे देती हूँ। देख लीजिएगा!

नीरज : तब वह क्लर्क होगा, कलेक्टर नहीं, इसका तुम विश्वास रखो।

ओमी : क्लर्क!

नीरज : डिगनीफ़ाइड यानी ऊँची क़िस्म का शरीफ़ क़िस्म का क्लर्क—यही कोई सचिव-अचिव। फिर मैं नीलम को कलेक्टर नहीं बनाना चाहता, मैं उसे क्रिकेट का कप्तान बनाना चाहता हूँ।

ओमी : नीलम में शक्ति भी है फुटबाल या क्रिकेट खेलने की? क्रिकेट का कप्तान तो आपको बनना चाहिए था।

नीरज : *(जोश से उठते हुए)* वा-वाह! क्या बात कही है तुमने मेरी जान! मैं तो बना ही था क्रिकेट का कप्तान होने के लिए। मामा जी ने कहा था—'बेटे, दो घंटे पढ़ो और छह घंटे डट के खेलो, निश्चय ही तुम क्रिकेट के कप्तान बनोगे, पर ममी पीछे पड़ी थीं मुझे आई.सी.एस. बनाने के। छह घंटे पढ़ना और दो घंटे खेलना पड़ा। मन क्रिकेट में, आँखें पढ़ाई में, नतीजा तुम्हारे सामने है। न क्रिकेट के कप्तान बने, न आई.सी.एस.।

ओमी : कलेक्टर तो आप अब भी बन सकते हैं।

नीरज : वह शायद इस आज़ादी के कारण। जिनको पहले कोई साठ रुपये में भी न पूछता था, जिन वकीलों की चार रुपये रोज़ की भी प्रैक्टिस न थी, वे आजकल माननीय मंत्री बने हुए हैं। फिर मेरे जैसा नायब तहसीलदार अगर कलेक्टर हो जाय तो कौन-सी बड़ी बात है। मामा जी कहा करते थे कि जिस चीज़ पर मन हो, वही करनी चाहिए। कलेक्टरी में मेरा मन कभी था ही नहीं। मैं सदा क्रिकेट का कप्तान बनना चाहता था।

ओमी : तो आप नीलम को क्यों कलेक्टर बनने से रोकते हैं। वह तो क्रिकेट का कप्तान नहीं, आई.सी.एस. बनना चाहता है।

नीरज : आजकल आई.सी.एस. नहीं, आई.ए.एस. हो गया है।

ओमी : आई.ए.एस.?

नीरज : इंडियन एडमिनिस्ट्रेटिव सर्विस!

ओमी : आई.ए.एस. ही सही। वह आई.ए.एस. की परीक्षा देगा और अगर आप बीच में टाँग न अड़ाएँगे तो निश्चय ही आई.ए.एस. हो के रहेगा।

नीरज : उसके मन में बेकार ही तुमने यह ख़याल भर दिया है। जैसे आई.ए.एस. होना ही जीवन का चरम लक्ष्य हो।

ओमी : नहीं, चरम लक्ष्य तो क्रिकेट का कप्तान बनना है!

नीरज : कलेक्टरी का क्रिकेट की कप्तानी से क्या मुक़ाबला? एक तरफ़ सी. के. नाइडू, मर्चेंट, हज़ारे, मनकद या अमरनाथ को रख दो और दूसरे पलड़े में दस कलेक्टर या कमिश्नर। मैं कहता हूँ उम्मो, बराबर तुल जाएँगे। इस ज़िन्दगी का उस ज़िन्दगी से क्या मुक़ाबला—आज़ाद, खुली, हाथ-पाँव और दिमाग़ की कमाई...

ओमी : इसमें क्या हाथ-पाँव और दिमाग़ का काम नहीं? क्यों अन्नो मौसी? और फिर सिक्योरिटी...सुरक्षा...

नीरज : है! लेकिन यहाँ वह स्वतंत्रता और विस्तार कहाँ? यहाँ तो पग-पग पर झूठ, कपट, बद-दयानती, कूटनीति, षड्यंत्र, कुटिलता और कुंठा है। सुरक्षा है, पर उस सुरक्षा का मोल बहुत बड़ा है।

ओमी : पर आपको ऐसी सुरक्षा की ज़रूरत नहीं, आप न कीजिए यह सब।

नीरज : अरे मेरी जान, मुझे कीचड़ में फेंक दो और आशा रखो कि मैं अपने कपड़ों को उसके छींटों से बचाये रखूँ, यह कैसे सम्भव है।

ओमी : कमल क्या कीचड़ में नहीं रहता! मैं अपने नीलम को इस सारे कीचड़ में कमल-सा रहकर अपना कर्तव्य पूरा करना सिखाऊँगी।

नीरज : *(हँसकर)* तुम लाख सिखाओ! इस दुश्चक्र में फँसा तो उसे अनायास यह सब करना पड़ेगा। नहीं तो वह किसी प्रान्त या केन्द्र की सरकार के बड़े दफ़्तर में फ़ाइलों के साथ माथा फोड़ेगा। जिस अधिकार और हुक्मरानी के सपने तुम ले रही हो, वह सब इसी छल, कपट और षड्यंत्र के कीचड़ पर टिकी है। मैं तो आज भी यह सब छोड़कर क्रिकेट का कप्तान बनना पसन्द करूँ।

ओमी : तो छोड़ दीजिए न और बन जाइए क्रिकेट के कप्तान।

[अन्नो के लिए चाय का दूसरा प्याला बनाती है। अन्नो मुस्कराती हुई उनकी बहस सुनती रहती है।]

नीरज : लेकिन क्रिकेट का कप्तान बनने के लिए जिस अभ्यास और साधना की ज़रूरत है, वह कहाँ से आए? उम्र का बेहतरीन हिस्सा तो मैंने इस झूठी हुक्मरानी के सपने देखने में बिता दिया। लोगों के दिलों पर जिसका शासन हो, क्रिकेट की उस कप्तानी के लिए शुरू ही से डटकर छह घंटे खेलना ज़रूरी था। मामा श्रीपत कहा करते थे...

ओमी : *(चिढ़कर)* ममी कहा करती थीं कि श्रीपत मामा ब्रेक हैं, ब्रेक। इस घर की आराम से चलती गाड़ी को उन्होंने एक ही बार आकर ब्रेक लगा दी।

नीरज : और मैं कहता हूँ कि ममी स्वयं ब्रेक थीं। जब तक वे ज़िन्दा रहीं, उन्होंने इस घर की ज़िन्दगी पर ब्रेक लगाए रखी—उसे आज़ादी से फूलने-फलने नहीं दिया—और जब मर गईं तो ब्रेक लगाती गईं।

ओमी : अपनी माँ के बारे में ऐसी बात करते हुए आपको शर्म नहीं आती? अन्नो मौसी क्या कहेंगी?

नीरज : मौसी क्या यह बात नहीं जानतीं? रही शर्म की बात, तो मैं कोई झूठी बात नहीं कह रहा हूँ! तुम्हारा ख़याल है, पापा क्या अपना जीवन जीते हैं? तुम और नीलम क्या अपना जीवन जीते हो? और मैं...मैं भी क्या अपना जीवन जीता हूँ? हम सब वही जीवन जी रहे हैं, जो ममी चाहती थीं कि हम जिएँ या ममी के नाना चाहते थे कि दुनिया जिये।

ओमी : तो क्या बुरा चाहते थे? समय से उठना-बैठना, खाना-पीना, अपने सारे काम समय से करना और नियम से ज़िन्दगी जीना क्या बुरा है? क्रिकेट के कप्तान क्या आप यों ही बन जाएँगे? बिना किसी नियम से जिये? क्रिकेट के कप्तान तो क्या, जाने अच्छे खिलाड़ी भी आप बन पाते या नहीं; पर ममी आपको जो बने देखना चाहती थीं, उसके रास्ते पर तो उन्होंने लगा दिया और आप अगर बहक न गए तो कलेक्टर या कमिश्नर होकर ही रिटायर होंगे!

[नीरज निर्निमेष अपनी पत्नी की ओर देखता है। उसके चुप होते ही ज़ोर से ठहाका लगाता है। बैठक में बाहर के दरवाज़े से श्रीपत प्रवेश करता है। कुछ क्षण वहीं खड़ा सुन-गुन लेता है, फिर नीचे के संवाद में खाने के कमरे की ओर आता है।]

नीरज : मामा श्रीपत ममी से कहा करते थे कि तुम्हें सेना में कोई छोटी-मोटी कैप्टन या लेफ़्टिनेंट हो जाना चाहिए। उस समय तो सेना में स्त्रियाँ ली न जाती थीं, पर अब ले ली जाती हैं और मैं कहता हूँ कि तुम्हें सच ही सेना में भरती हो जाना चाहिए।

ओमी : *(चिढ़कर)* मामा श्रीपत ब्रेक थे, ब्रेक...

श्रीपत : मामा श्रीपत राय पधारते हैं!

[ओमी के होंठों से कुछ अजीब आश्चर्य तथा लज्जा-मिश्रित 'ओ' निकलती है। नीरज कुर्सी से उछलता है।]

नीरज : मामा जी!

श्रीपत : *(उसे बाँहों में भरते हुए लिपट जाता है)* कहो बेट्टे, कैसे हो?

नीरज : *(श्रीपत को बाँहों में भींचते हुए)* आपकी दुआ है मामा जी। आप कहाँ से आ रहे हैं?

श्रीपत : बम्बई से आ रहा हूँ और कलकत्ता जा रहा हूँ। सोचा, रास्ते में तुम लोगों से मिलता जाऊँ! सदियाँ गुज़र गईं तुम्हें देखे। और तो सब अच्छे हैं?

नीरज : जी मामा जी!

श्रीपत : जीजा जी कैसे हैं?

नीरज : चल रहे हैं मामा जी!

श्रीपत : सुना था, हाई कोर्ट के जज हो गए हैं।

नीरज : जी मामा जी!

श्रीपत : यह तुम हर बात के साथ 'मामा जी', 'मामा जी' क्या करते हो?

नीरज : ममी कहा करती थीं कि बड़ों के साथ...

श्रीपत : अदब के साथ बात करनी चाहिए...

[दोनों एक साथ ठहाका लगाते हैं और फिर एक-दूसरे को आलिंगन में भींच लेते हैं।]

ओमी : *(नीरज से)* अब छोड़िए मामा जी को। इन्हें हाथ-मुँह धोने दीजिए! *(पर्दे के पास जाकर नौकरानी को आवाज़ देती है)* मुन्नी!

मुन्नी : *(झाँकती है)* जी मेम साब!

ओमी : बाथ-रूम में नया तौलिया और साबुन रख दो, मामा जी नहाएँगे।

[श्रीपत ज़ोर से ठहाका लगाता है।]

श्रीपत : तो लगता है अंजो दीदी इस घर में अपनी प्रतिनिधि छोड़ गई हैं। तुम ठीक कहते थे नीरज, अपनी पत्नी को तुम्हें सेना में भरती करा देना चाहिए। *(ओमी की ओर मुड़कर)* अरे भई, देख तो लो—क्या मैं गन्दा लगता हूँ? क्या नहीं लगता कि अभी नहाकर चला आ रहा हूँ।

नीरज : हाँ, देखो, क्या मामा जी गन्दे लगते हैं?

अनिमा : आप नहा कहाँ आए? आप तो चाय के पहले कभी नहाते न थे।

श्रीपत : अरे भाई...*(ध्यान से अन्नो को देखता है)* क्या अन्नो है? माफ़ करना, मैं पहचान नहीं पाया। एक युग के बाद देखा है तुम्हें! याद रह गई तुम्हें चाय से पहले मेरे न नहाने की बात? बीस बरस हो गए, जब मैं आया था यहाँ।

अनिमा : मुझे उस मुलाक़ात की एक-एक बात याद है।

श्रीपत : तुम असल में मुझे जानती नहीं। किसी बात को सनक की हद तक ले जाने में मेरा ज़रा भी विश्वास नहीं। जब मैंने देखा कि मेरी वह आदत सनक बन रही है तो मैंने उसे छोड़ दिया। *(ओमी से)* तुम चाय का एक गर्म-गर्म प्याला बनाओ बेटी!

[ओमी लज्जारुण मुख लिये हुए चाय बनाने लगती है।]

अनिमा : चाय तो आप अपने हाथ से ही बनाकर पीते थे?

श्रीपत : उस सनक को भी मैंने छोड़ दिया। *(ओमी से)* दूध और

चीनी दोनों एक-एक चम्मच!

[ओमी चीनी और दूध डालकर प्याला श्रीपत को देती है।]

नीरज : *(अपना प्याला बढ़ाते हुए)* एक प्याला मेरे लिए भी बनाओ ओमी, ज़रा मामा जी का साथ दिया जाय। आप भी लीजिए एक और प्याला मौसी।

अनिमा : अच्छा, मैं भी ले लेती हूँ। *(श्रीपत से मुस्कराते हुए)* तो आपने उस सनक को भी छोड़ दिया?

श्रीपत : *(चाय की चुस्की लेते हुए)* किस सनक को?

अनिमा : *(किंचित हँसते हुए)* अकेले रहने की सनक को? यहीं, जब बहुत पहले हम मिले थे तो आपने कहा था—मैं शादी के सपने ही लेता हूँ, शादी कभी नहीं करता।

श्रीपत : *(हँसकर)* वह सनक भी मैंने छोड़ दी।

नीरज : तभी मामा जी आप इतने साफ़-सुथरे और सभ्य दिखाई देते हैं। आख़िर ममी की बातों का हुआ न असर आप पर भी।

श्रीपत : नहीं भाई, वह बात नहीं। अंजो दीदी का तो मुझ पर क्या असर होता, बात कुछ और ही है। *(चाय पीता है।)*

नीरज : *(साक्षात औत्सुक्य)* वह क्या?

श्रीपत : कुछ बरस पहले, बम्बई की फ़िल्मी दुनिया में एक ऐसी औरत से भेंट हुई, जिसे मैंने बिलकुल अपने जैसा पाया। कोई फ़ैड[1] नहीं, कोई सनक नहीं, किसी रीति-रिवाज के प्रति आग्रह नहीं। लगा कि अब अकेले ज़िन्दगी जीने की कोई ज़रूरत नहीं और हम इकट्ठे रहने लगे। पर तब लगा कि हम स्वयं सनकी हुए जा रहे हैं। जान-बूझकर

1. फ़ैड = fad = सनक, पूर्वग्रह।

हर रस्म-रिवाज, तौर-तरीक़े को तोड़ रहे हैं। वे देवी जी तो मुझसे भी चार क़दम आगे थीं। हमीं जो सनक की हँसी उड़ाया करते थे और फक्कड़पने को ज़िन्दगी का चरम ध्येय समझते थे, अपने मित्रों में अच्छे-ख़ासे सनकी प्रसिद्ध हो गए।

[नीरज ज़ोर से ठहाका लगाता है।]

श्रीपत : और फिर वही बातें, जो अपने में अच्छी लगती थीं, उन देवी जी में ख़ासी बेतुकी लगने लगीं। तब मैंने झट आदत बदल डाली। सुबह उठकर सैर को जाने लगा; रोज़ नहाने, अच्छे कपड़े अच्छे ढंग से पहनने और लगभग वह सब करने लगा, जो अंजो दीदी किया करती थीं। तकलीफ़ तो बहुत हुई इतने दिनों की आदत बदलने में, लेकिन प्रबल हठ के साथ नई आदत डाली। एक दिन, जब शाम को वापस घर आया तो क्या देखता हूँ कि घर आईने की तरह साफ़ है। ऐसा कि अंजो दीदी ने भी कभी न किया होगा। मैं हैरान कि हे भगवान, क्या माजरा है? देवी जी से भेंट हुई तो पता चला कि वे तो मेरी प्रसन्नता के लिए वैसी फक्कड़ बनी थीं, नहीं उन्हें तो उस सब गन्दगी से सख़्त नफ़रत है। बस अन्नो! वह दिन, सो आज का दिन, उन देवी जी के घर से निकला हूँ तो फिर उधर को मुँह नहीं किया।

[नीरज ज़ोर से हँसता है।]

अनिमा : उन श्रीमती जी का भी कुछ ख़याल किया?

श्रीपत : शुक्र है कि अभी शादी न हुई थी। कोर्टशिप ही चल रही थी। शादी हो गई होती तो न जाने क्या दुर्गत होती! अपने को दूसरे के अनुकूल बनाने के बदले अपने जैसा ही कोई

दूसरा ढूँढ़ लिया होगा उसने!

अनिमा : आप भी ख़ूब आदमी हैं!

श्रीपत : अरे अन्नो, मेरे सामने तो अंजो दीदी और जीजा जी की घरेलू ज़िन्दगी घूम गई और क़सम भगवान की, मैं सिर पर पाँव रखकर भागा। अच्छा-भला काम चल गया था बम्बई में, पर मैंने उसका मोह छोड़ा और कलकत्ता जाकर ही दम लिया।

नीरज : लेकिन जब आपने अपनी आदत बदल ही डाली थी तो...

श्रीपत : आदत तो बदल डाली थी, पर मेरी उस गन्दगी और फक्कड़पने का ज़िक्र करते हुए उन देवी जी ने कुछ ऐसा मुँह बनाया और उनकी आँखों में घृणा का कुछ ऐसा भाव दिखाई दिया कि मेरी तो रीढ़ की हड्डी तक ठंडक की लहर दौड़ गई। मैं जान गया कि उनकी वह सफ़ाई कहाँ जाकर ख़त्म होगी।

[नीरज ज़ोर से ठहाका लगाता है।]

ओमी : आप ममी की सफ़ाई के स्वभाव की हँसी उड़ाते हैं, पर आप स्वयं मानते हैं कि वही गन्दगी आपको दूसरों में बुरी लगती थी।

श्रीपत : मैं सफ़ाई की हँसी नहीं उड़ाता। पर यह सफ़ाई जहाँ जाकर ख़त्म होती है, उस सनक से डरता हूँ।

ओमी : बिना सनक के कभी सफ़ाई रह ही नहीं सकती। ज़रा ढील दीजिए, सफ़ाई ख़त्म। अच्छी आदत के लिए कष्ट तो झेलना ही पड़ता है। ममी कहा करती थीं कि घर इतना साफ़-सुथरा होना चाहिए कि उससे सफ़ाई की गन्ध आए। जिनकी नाक को इस गन्ध की आदत है, वे गन्दगी कैसे सहन कर सकते हैं? आप कुछ दिन उन श्रीमती जी के साथ रहते तो आपकी ज़िन्दगी सुधर जाती।

श्रीपत : *(ठहाका लगाता है)* तुम अंजो ही का दूसरा रूप हो, पर भाई, हम उस गन्ध से वंचित ही भले। ऐसी सफ़ाई भी क्या, जो जी का जंजाल बन जाय! *(पाँव खाने की मेज़ पर रख लेता है।)*

ओमी : *(कोने में पड़ी एक तिपाई उसके आगे रख देती है।)* पाँव आप इस पर टिका लीजिए।

श्रीपत : *(ठहाका मारते हुए उस पर पाँव टिका देता है)* मैंने ग़लत कहा, तुम अंजो दीदी से एक क़दम आगे हो। तुम्हें किसी हस्पताल की मेट्रन[1] होना चाहिए।

ओमी : इस प्रशंसा के लिए धन्यवाद!

[श्रीपत और नीरज, दोनों ठहाका मारकर हँसते हैं। एक चपरासी आता है।]

चपरासी : *(पर्दे के बाहर बैठक से)* जय हिन्द सरकार!

[श्रीपत उठकर जज साहब के कमरे में जाता है। नीरज बैठक में आता है।]

नीरज : क्या बात है?

चपरासी : परेड के शरणार्थी कैम्प में दंगा हो गया है। बड़े साहब ने आपको अभी वहाँ जाने के लिए कहा है।

नीरज : लो, यह दिन भी गया और मैं नीलम को क्रिकेट के प्रसिद्ध खिलाड़ियों की जीवनियाँ सुनाना चाहता था। *(चपरासी से)* ठीक है, साहब से बोल देना—हम अभी जा रहे हैं।

[चपरासी चला जाता है।]

ओमी : *(उसके पोछे आते हुए)* क्रिकेट खेलाकर आप उसे बिगाड़

---

1. मेट्रन = बड़ी नर्स!

देंगे, मैंने कई बार कहा है कि उसके पढ़ने के समय आप क्रिकेट न ले बैठा कीजिए।

नीरज : मैंने आज ही उसके लिए नया बैट और विकेटें मँगाई हैं।

ओमी : बैट-विकेटें लेकर वह करेगा क्या? उसे शौक़ भी हो खेलने का!

नीरज : शौक़ उसे हो, अगर तुम उसे डराती न रहो। मैंने तुमसे एक बार कह दिया कि मैं उसका आई.ए.एस.-वाई.ए.एस. बनना पसन्द नहीं करता। वह गेंदबाज़ बनेगा, बल्लेबाज़ बनेगा, क्रिकेट का कप्तान बनेगा। जब वह देश-विदेश में अपने नाम का डंका बजाकर आएगा तो तुम ख़ुशी से फूली न समाओगी और मुझे धन्यवाद दोगी कि मैंने उसे क्रिकेट खेलना सिखाया। *(चलने को तैयार होता है।)*

ओमी : *(उसके पीछे जाते हुए)* चले कहाँ, नाश्ता तो पूरा करते जाइए, फिर जाने कब आते हैं वहाँ से?

नीरज : कर तो लिया नाश्ता!

ओमी : कर लिया! दलिये को तो हाथ तक नहीं लगाया। चलिए, चलिए, पूरा नाश्ता कर लीजिए, फिर चाहे सारा दिन शरणार्थियों के साथ जाकर माथा फोड़िए।

[नीरज वापस आकर जल्दी-जल्दी दलिये के कुछ चमचे प्लेट में डालकर खाता है। श्रीपत जज साहब के कमरे से तेज़-तेज़ आता है।]

श्रीपत : जीजा जी तो सैर को चले गए। मैंने सोचा था, उनके साथ बैठकर चाय का एक प्याला पिएँगे और गप लगाएँगे। *(कुर्सी पर बैठ जाता है और इस बार टाँगें मेज़ की दूसरी ओर रख लेता है।)*

ओमी : *(वही तिपाई उसके पीछे से घुमाकर दूसरी ओर रखते हुए)* पापा चाय पी चुके हैं और नाश्ता कर चुके हैं।

[तिपाई को देखकर श्रीपत अचकचाकर पैर नीचे करके उठता है। ओमी मुस्कराते और अपनी बात ख़त्म करते हुए तिपाई रख देती है।]

श्रीपत : तुम्हें तो बेटी, सचमुच किसी बड़े सरकारी हस्पताल में मेट्रन नहीं, चीफ़ मेट्रन हो जाना चाहिए। *(हँसते हुए बैठता है और पाँव तिपाई पर रख देता है।)*

नीरज : *(दलिया ख़त्म कर प्याले से, जो ओमी ने इस बीच में बना दिया है, दो-एक घूँट भरके उसे रखते हुए)* अच्छा मामाजी, मुझे तो क्षमा कीजिए! मैं शरणार्थी कैम्प जा रहा हूँ, वहाँ शायद दंगा हो गया है। आप आज तो हैं, शाम को मिलेंगे। *(चल देता है।)*

ओमी : *(उसके पीछे जाते हुए)* आप कपड़े तो बदलते जाइए। इन्हीं कपड़ों में क्या बाहर चले जाएँगे!

नीरज : *(बैठक में)* अरे क्या है इन कपड़ों में?

ओमी : *(बैठक में)* नहीं-नहीं, सूट पहनकर जाइए। निक्कर-कमीज़ में तो आप लोफ़र लगते हैं, अफ़सर नहीं!

[दोनों बैठक से निकल जाते हैं। श्रीपत एक ठहाका लगाता है।]

श्रीपत : अंजो दीदी की दाद देता हूँ कि ऐन-मैन अपनी मूर्ति छोड़ गई हैं। *(पलटकर)* कहो अन्नो, मेरी ही तरह रहीं या किसी मोटे पक्के खूँटे से बँध गईं? *(हँसता है)* शक्ल से तो ज़रा भी नहीं लगता कि बँधी हो।

अनिमा : बीस बरस पहले जो आप सिखा गए कि शादी के सपने देखने में ही मज़ा है, सो अभी तक सपने देख रही हूँ। आपने तो बातों में कुछ खाया ही नहीं। एक-आध तोस या दो-चार चम्मच दलिया लीजिए न!

श्रीपत : यह मालूम होता कि अंजो के बाद भी इस घर में ठीक आठ बजे नाश्ता बन जाता है तो खाकर न आता, पर अब तो...

अनिमा : तो भी एक गर्म प्याला चाय तो लीजिए! *(उठती है और जाकर पर्दे के पीछे नौकरानी को आवाज़ देती है।)*

अनिमा : मुन्नी...मुन्नी!

मुन्नी : *(दरवाज़े में झाँकती है)* जी मौसी जी!

अनिमा : गर्म पानी तो रखा है न?

मुन्नी : जी मौसी जी!

अनिमा : दो कप गर्म-गर्म चाय और ला!

मुन्नी : जी अच्छा।

[आकर केतली उठाकर ले जाती है। अन्नो अपनी जगह बैठ जाती है और एक तोस पर मक्खन लगाती है।]

अनिमा : बीस साल बाद आज भेंट हुई आपसे, जबकि मेरा ख़याल था कि कभी न होगी।

श्रीपत : मैं घुमक्कड़ आदमी अन्नो, कभी एक जगह टिककर नहीं रहा।

अनिमा : अंजो की मृत्यु के दिन मैं यहीं थी। ख़याल था कि आप शायद आएँ, आपके तमाम पतों पर तार गए, पर उनका उत्तर डेढ़-दो महीने बाद फ्रांस से आया।

श्रीपत : यूरोप की सैर का शौक़ था। ज़मींदारी ख़त्म करना कांग्रेस के उद्‌देश्य का एक हिस्सा था, सो मैंने सोचा कि उससे पहले यूरोप हो आऊँ।

अनिमा : मैं भी यूरोप गई थी।

श्रीपत : सच!

अनिमा : लेकिन जहाँ-जहाँ गई, आप वहाँ से पहले ही जा चुके थे।

श्रीपत : मुझे पता होता कि तुम मुझे छूने की कोशिश में हो तो मैं रुक जाता और तुम्हें पकड़ाई दे जाता।

अनिमा : *(लज्जारुण)* नहीं, छूने की बात नहीं; पर सोचती थी, शायद कहीं अचानक मिल जायँ।

श्रीपत : *(रोमानी अन्दाज़ में)* जैसे बीस वर्ष पहले और आज—इसी कमरे में।

[दोनों एक-दूसरे की आँखों में देखते हैं। फिर सहसा श्रीपत हँस देता है। मुन्नी टी-पॉट लिये हुए आती है।]

श्रीपत : कहो मुन्नी, कैसी हो?

मुन्नी : *(लजाकर)* आपकी किरपा है सरकार!

श्रीपत : सो यहीं हो?

मुन्नी : जी सरकार!

श्रीपत : अभी भरा नहीं मन यहाँ से? चलो, तुम्हें कुछ बाहर की दुनिया भी दिखा लाएँ।

मुन्नी : मालकिन सौंप गई हैं यह सब हमें सरकार। मालिक और उनके बच्चों की सेवा में प्रान निकलें, अब तो यही मनाते हैं सरकार।

[चली जाती है। श्रीपत अंजो के चित्र की ओर देखता है।]

श्रीपत : मान गए भई अंजो दीदी, तुम्हारे जादू को।

[ओमी आती है।]

ओमी : मामा जी, वह बिस्तर और सूटकेस आपका ही था न, बाहर बरामदे की सीढ़ियों पर।

श्रीपत : हाँ।

ओमी : आपने चपरासी से कहा क्यों नहीं कि बिस्तर और सूटकेस उठा दे।

श्रीपत : राधू को मैंने आवाज़ें दीं। फिर सोचा कि शायद राधू यहाँ नहीं है।

ओमी : अटैची और बिस्तर आपका गेस्ट-रूम में पहुँचा दिया है। बिस्तर की चादरें मैली थीं, धोबी को भिजवा दी हैं। नाइट सूट भी भिजवा दिया है। लेकिन पलंग पर बिस्तर आपको नया धुला मिलेगा। और किसी चीज़ की ज़रूरत हो तो राधू से कह दीजिएगा। उसकी ड्यूटी लगा दूँगी। *(जैसे आई थी, चली जाती है। फिर बैठक से मुड़ती है।)*

ओमी : नाश्ता हो गया हो मौसी, तो ज़रा मेरे कमरे में आओ। खन्ना के यहाँ से आदमी कुछ साड़ियाँ लाया है, चुनने में मेरी तनिक मदद करो।

अनिमा : अभी आती हूँ।

श्रीपत : और मैं आज ही जाने की सोच रहा था।

अनिमा : आज ही क्यों?

श्रीपत : लगता है, मैं यहाँ रहा तो फिर पहले जैसा फक्कड़ हो जाऊँगा।

अनिमा : क्यों?

श्रीपत : इस सब में मेरा जी उलझता है।

अनिमा : *(अरमान-भरे स्वर में)* पहले जब आए थे तो कुछ ही घंटों में चले गए थे, अब आए हैं तो अब जाने की सोच रहे हैं।

श्रीपत : *(हँसकर)* बहिया में ज़िन्दगी की बहे जा रहे हैं हम,
मुड़ने की बात दूर है, रुकने का बस नहीं।[1]
ज़रा जीजा जी से मिलना चाहता था, पर देखता हूँ, उनका

---

1. पहले संस्करण में ग़ालिब का निम्नलिखित शेर था :
रौ में है रख़्श-ए-उम्र कहाँ देखिए थमे
ने हाथ बाग पर है न पा है रिकाब में

कमरा किसी संन्यासी का कमरा दिखाई देता है। कुछ ऐसा भय का आभास मिलता है वहाँ।

अनिमा : संन्यासियों में और उनमें कोई अन्तर नहीं।

श्रीपत : पर वे तो वैसे संन्यासी नहीं थे।

अनिमा : अंजो की मौत ने उन्हें संन्यासी बना दिया। अब न वे सिगरेट पीते हैं, न शराब। समय से उठते हैं, समय पर नाश्ता लेते हैं, समय पर सैर को जाते हैं। सोने-जागने, पढ़ने-लिखने, हाई कोर्ट और घर, सैर और संध्या-वन्दन—उनके समय का पल-पल बँधा है। अपने कमरे के अतिरिक्त घर के किसी हिस्से में वे नहीं जाते। इधर तो महीनों नहीं झाँकते।

श्रीपत : *(चकित)* पर क्यों, क्या यह जज बनने का असर है?

अनिमा : नहीं, अंजो की मौत का। अब वे सब कुछ उसी तरह करते हैं, जैसे अंजो आज भी जीती है।

श्रीपत : अंजो की मौत का इससे क्या सम्बन्ध?

अनिमा : न वे उतनी शराब पीते, न अंजो ज़हर खाती।

श्रीपत : तो क्या अंजो ने ज़हर खा लिया था? मैंने तो सुना था कि बेहोशी में उसके प्राण निकल गए।

अनिमा : *(अचानक ज़बान को दाँतों में लेती है)* हाय, मेरे मुँह से क्या निकल गया! *(अनुनय के स्वर में)* पर किसी से कहिएगा नहीं! मेरे सिवा किसी को भी इस बात का पता नहीं। अंजो दौरे से नहीं मरी, उसने आत्महत्या की थी।

श्रीपत : आत्महत्या!

अनिमा : *(और भी धीमे स्वर में)* बात यह है कि जीजा जी पीने लगे थे। बरसों पहले जब आप आए थे और वे आपको स्टेशन पर छोड़कर लौटे थे तो नशे में धुत्त थे।

श्रीपत : *(हँसते हुए)* मैं जानता हूँ।

अनिमा : उस रात ज़बरदस्त झगड़ा हुआ और अंजो को पहला दौरा

पड़ा था। फिर इधर जीजा जी का मद्यपता बढ़ती गई, उधर अंजो के दौरे!

श्रीपत : मुझे मालूम है।

अनिमा : उन्हीं दौरों के डर से वे छिपकर कचहरी ही में पीने लगे थे। पर अंजो को इस बात का पता न था। एक दिन जब एक दौरे में अंजो की जान पर आ बनी, तो जीजा जी ने घोषणा की कि वे अब कभी शराब न पिएँगे—बोतलें, गिलास, जग सब तोड़ दिये और फिर कभी शराब को न छूने का प्रण किया। अंजो आश्वस्त भी हो गई और स्वस्थ भी। पर तभी अचानक एक दिन उसे पता चला कि शराब तो उन्होंने एक दिन को भी न छोड़ी थी। रोज़ पीते थे। कचहरी ही में उसका प्रबन्ध कर रखा था उन्होंने। उस दिन घर में जो भयानक झगड़ा हुआ, उसकी याद से रोंगटे खड़े हो जाते हैं। उस रात अंजो को बड़े ज़ोरों का दौरा पड़ा। जब डॉक्टर दवाई दे गया और लगा कि उसे आराम है तो उसने मन की उद्भ्रान्त दशा में ज़हर खा लिया। उसके तकिये के नीचे से दो चिट्ठियाँ निकलीं। एक जीजा जी के नाम, दूसरी मेरे। जीजा जी को उसने लिखा—'मैं मर रही हूँ। अब आप शौक से पीजिए, दिन-रात पीजिए! मैं आपको तंग करने न आऊँगी। मैं ही आपके रास्ते का काँटा थी। आशा है, आपका जीवन अब निष्कंटक बीतेगा।'

श्रीपत : मॉर्बिड! अंजो दीदी सख़्त मॉर्बिड[1] थी।

अनिमा : मेरे नाम चिट्ठी में उसने लिखा—'एक बार की लगी यह छूटती नहीं। इन दस-पन्द्रह बरसों में ज़िन्दगी नरक बन गई है। शराबी पति के साथ ज़िन्दगी के बाकी दिन

---

1. मॉर्बिड = अस्वस्थ चित्त, उद्भ्रान्त।

गुज़ारना मेरे लिए असम्भव है। मैं ज़हर खा रही हूँ। रोज़ की कलह से उन्हें और मुझे दोनों को मुक्ति मिल जाएगी। पर तुम किसी से यह न कहना! मेरा शरीर चीरा-फाड़ा जाय, मुझे पसन्द नहीं। घोषणा कर देना कि फ़िट ही में अंजो की जान निकल गई और अपने जीजा जी को शर्म दिलाना कि देखिए, आपकी शराबनोशी का क्या दुष्परिणाम निकला...' और मैंने जीजा जी को शर्म दिलाने में अंजो की अन्तिम इच्छा पूरी कर दी। लेकिन इस घटना का मुझ पर ऐसा असर पड़ा कि मैं यहाँ से जाने के बाद यूरोप के दौरे पर निकल गई।

श्रीपत : अंजो मॉर्बिड थी, मॉर्बिड और ज़ालिम! खुद मरी और जीजा जी को भी मार गई।

ओमी : *(बैठक में क्षण भर झाँककर आवाज़ देती है)* मौसी, ज़रा इधर आना।

अनिमा : आई।

[ओमी ग़ायब हो जाती है। अन्नो भी उसके पीछे चली जाती है। श्रीपत पाँव फिर मेज़ पर रख लेता है और गुनगुनाता है :]

श्रीपत : यह दस्तूरे ज़ुबाँ-बन्दी है कैसा तेरी महफ़िल में
यहाँ तो बात करने को तरसती है ज़ुबाँ मेरी

[अपने कमरे से नीलम निकलता है। पतला-दुबला, गोरा-चिट्टा बालक, माथे पर बालों की लट बेपरवाही से बिखरी है। हाथ में क़लम है।]

नीलम : मामा जी, मुझे डिस्टर्ब[1] न कीजिए।

---

1. डिस्टर्ब करना = व्याघात डालना।

श्रीपत : *(अचकचाकर टाँगें नीचे करते हुए)* तुम कौन हो म्याँ, क्या नाम है तुम्हारा?

नीलम : मेरा नाम नीलम है और मैं सिटी मैजिस्ट्रेट साहब का लड़का हूँ।

श्रीपत : नीरज का! *(हँसते हुए उठकर उसे बाँहों में उठा लेता है)* तो बेटे, मैं तुम्हारा मामा नहीं, दादा हूँ। तुम क्या कर रहे थे, जो मैंने तुम्हें डिस्टर्ब किया?

नीलम : मैं पढ़ रहा था दादा जी।

श्रीपत : पढ़कर क्या बनोगे?

नीलम : ममी कहती हैं कमिश्नर, पापा कहते हैं क्रिकेट का कप्तान!

श्रीपत : तुम खुद क्या बनना चाहते हो?

नीलम : मैं तो कवि बनना चाहता हूँ।

श्रीपत : *(ठहाका लगाता है)* तुम पढ़ रहे थे या कविता कर रहे थे?

नीलम : कविता कर रहा था।

श्रीपत : सुनाओ तो कविता।

[श्रीपत उसे मेज़ पर खड़ा कर देता है और नीलम कविता सुनाता है :]

नीलम : कैसे-कैसे वरदान मिले
बन्दर को लम्बी पूँछ मिली
गदहे को लम्बे कान मिले
हाथी को सूँड़ मिली लम्बी
बुलबुल को सुन्दर गान मिले।

श्रीपत : तुम्हें क्या मिला?

नीलम : मुझको कविता करना आया
कवि का दिल, कवि के प्राण मिले।

श्रीपत : *(उसे गोद में लेते हुए)* वाह रे नीलम बेटे, तू तो बड़ा

होकर टैगोर के कान काटेगा। ख़ूब कविता किया कर! अब के कलकत्ता पहुँचकर मैं तेरे लिए कविता की बड़ी सरल और सुन्दर किताबें भेजूँगा। क्रिकेट के कप्तान और कमिश्नर कवि के सामने क्या ठहरेंगे? वे दोनों घूमते तारों की तरह चन्द दिन अपनी रोशनी दिखाकर चल देते हैं, कवि ध्रुव तारे की तरह चमकता रहता है।

नीलम : पर ममी कहती हैं कि यह सब पागलों का काम है, तुझे कमिश्नर बनकर ज़िलों पर राज करना है, कमिश्नर के बाद तू चीफ़ कमिश्नर, यहाँ तक कि गवर्नर बन जाएगा। और पापा कहते हैं कि तू क्रिकेट खेला कर, क्रिकेट खेलेगा तो मनकद, हज़ारे, अमरनाथ की तरह प्रसिद्ध हो जाएगा और दुनिया की सैर करेगा। वे मेरे लिए नया बैट, विकेटें और गेंद मँगा रहे हैं।

श्रीपत : तू क्या बनना चाहता है?

नीलम : मैं तो कवि बनना चाहता हूँ। दादा जी, आप पापा और ममी से कह दें कि वे मुझे कवि बनने दें। 'मोहन' में मैंने एक कविता भेजी थी, वह छप गई है। मैंने डर के मारे किसी को दिखाई नहीं। आप कह देंगे तो बड़ा अच्छा होगा।

श्रीपत : हम ज़रूर कह देंगे। हम तुम्हारी ममी को समझाएँगे कि कमिश्नर एक कमिश्नरी और गवर्नर एक प्रान्त पर राज्य करता है, पर कवि की हुकूमत देश-विदेश तक फैलती है और तुम्हारे पापा को समझाएँगे कि कवि क्रिकेट के खिलाड़ियों से कहीं बड़ा खिलाड़ी है और घर बैठे अपनी कल्पना के बल पर देश-विदेश की सैर करता है। *(उसे नीचे उतारकर, फिर कुर्सी पर बैठते हुए)* लो, अब इसी बात पर अपने दादा के लिए दियासलाई की डिबिया लेते आओ!

नीलम : अभी लाता हूँ।

[ख़ाली सिगरेट उँगलियों में लिये हुए श्रीपत गाता है :]

श्रीपत : मथुरा में जाकर भूल गए,
काहन सब ब्रज की गलियों को।
पर ब्रज की गलियाँ स्पन्दित हैं,
अब भी काहन की बातों से![1]

[नीलम दियासलाई की डिबिया लाता है, श्रीपत सिगरेट सुलगाता है और दियासलाई वहीं फेंक देता है।]

नीलम : दादा जी, सिगरेट नहीं पिया करते।

श्रीपत : *(हँसता है)* कौन कहता है?

नीलम : ममी कहती है।

श्रीपत : वे तुम्हारे लिए कहती होंगी, तुम बड़े होकर किसी के दादा बनोगे तो तुम्हें भी सिगरेट पीने की आज्ञा मिल जाएगी।

[ओमी नीलम को आवाज़ देती हुई आती है।]

ओमी : नीलम, तुम क्या कर रहे हो यहाँ? तुम्हारे तो पढ़ने का समय है। क्या बिना पढ़े तुम कमिश्नर बनोगे?

नीलम : मुझे कमिश्नर नहीं बनना ममी।

ओमी : और क्या क्रिकेट के बेकार खिलाड़ी बनोगे?

नीलम : मैं कवि बनूँगा।

ओमी : चल, बन लिया कवि! अपने कमरे में बैठकर पढ़! मास्टर

---

1. पहले संस्करण में निम्नलिखित शेर था :
मैं और बज़्म-ए-मय से यूँ तिश्ना-काम आऊँ
गर मैं ने की थी तौबा साक़ी को क्या हुआ था

जी आने वाले हैं। *(कान पकड़कर उसके कमरे की ओर ले जाती है।)*

श्रीपत : अरे ओमी बेटी, तुम तो बच्चे का कान उमेठ दोगी।

ओमी : आप चुप रहिए मामा जी, अभी से ऐसी बातें करेगा तो कल क्या न करेगा। और इसकी दादी इसके कमिश्नर बनने के सपने लेती थीं।

[दियासलाई की तीली फ़र्श से और डिबिया मेज़ से उठाती हुई चली जाती है।

श्रीपत कुर्सी पर बैठ जाता है, टाँगें मेज़ पर रख लेता है और सिगरेट का कश लगाता है।

ओमी आती है, तिपाई उठाकर श्रीपत के सामने रख देती है और तिनतिनाती हुई चली जाती है।

श्रीपत अचकचाकर पाँव तिपाई पर रख लेता है। कुछ क्षण उसी तरह बैठा सिगरेट के कश लेता है। फिर पाँव मेज़ पर रख लेता है और कुर्सी पर पीछे को झुककर धुएँ के मरगोले छत की ओर फेंकता है। दो-एक बार ऊँघता है और एक बार गिरने-गिरने को हो जाता है। अचानक उठता है। सिगरेट फ़र्श पर फेंककर, बड़ी झुँझलाहट से मेज़ की चादर को गोल-मोल कर, एक ओर रख देता है, उछलकर मेज़ पर बैठता है और चादर का तकिया बनाकर, जूतों-समेत लेट जाता है।

पर्दा गिरता है।]

दूसरा दृश्य

[कुछ क्षण बाद पर्दा फिर उठता है। श्रीपत पूर्ववत खाने की मेज़ पर जूतों-समेत सोया हुआ है। चादर उसके सिर का तकिया बनी हुई है। मेज़ क्योंकि इतनी लम्बी नहीं कि वह टाँगें पसार सके, इसलिए उसकी एक टाँग दूसरी के घुटने पर है, लेकिन दोनों टाँगें एक ओर को झुकी हुई हैं और अलग हुआ चाहती हैं। मेज़ के पास फ़र्श पर आधे सिगरेट का टुकड़ा पड़ा है। घड़ी में बारह बजे हैं। पर्दा फिर गिरता है।]

तीसरा दृश्य

[पर्दा फिर उठता है। घड़ी में चार बजने को हैं। बैठक में काउच पर बैठी ओमी स्वेटर बुन रही है। खाने के कमरे में श्रीपत यथावत सोया हुआ है। सिर की चादर नीचे गिरी हुई है और टाँगें लटक रही हैं। अनिमा उसे उठा रही है, जब पर्दा फिर उठता है।]

अनिमा : उठिए! उठिए भी। *(श्रीपत को तनिक कन्धों से झकझोरती है)* और कहते थे, मैंने आदत बदल डाली है। बेचारी बहू को परेशान कर दिया। उठिए! सोना है तो जाकर कमरे में पलंग पर सोइए!

[श्रीपत पहले 'ऊँ-हूँ' करता है, फिर अँगड़ाई लेता है और उठकर बैठ जाता है। फिर इधर-उधर देखता है। सिगरेट के टुकड़े पर उसकी निगाह जम जाती है।]

श्रीपत : अन्नो, ज़रा वह सिगरेट का टुकड़ा उठाना।

अनिमा : *(सिगरेट का टुकड़ा उठाकर उसके मुँह में देती है)* हालाँकि

आपकी जेब में पूरी डिबिया होगी। उसमें से एक सुलगा लेते तो क्या बिगड़ जाता?

श्रीपत : ओमी जाते-जाते दियासलाई की डिबिया ही उठा ले गई...

अनिमा : पर मैं तो ले आई हूँ। *(दियासलाई जलाकर सिगरेट सुलगा देती है।)*

श्रीपत : अरे भई, तुम कितनी अच्छी हो! तुम्हें अब तक मेरी इस आदत की याद है। *(ज़ोर से कश खींचता है।)*

अनिमा : लेकिन आपने तो अपनी आदतों को बदल लिया था।

श्रीपत : पर तुमने तो याद रखा। *(गाता है :)*

मथुरा में जाकर भूल गए,
काहन सब ब्रज की गलियों को,
पर ब्रज की गलियाँ स्पन्दित हैं
अब भी काहन की बातों से![1]

[नीलम अपने कमरे से निकलता है।]

नीलम : मामा जी, आप मुझे डिस्टर्ब कर रहे हैं।

श्रीपत : तुम कविता बना रहे हो?

नीलम : नहीं, मैं गणित के प्रश्न कर रहा हूँ।

श्रीपत : पर तुम्हें तो कवि बनना है न?

नीलम : ममी कहती हैं कि कवि पागल होते हैं। वे कहती थीं कि आप भी कवि हैं।

श्रीपत : और पागल हैं...

[अन्नो हँसती है।]

नीलम : आप आठ बजे से मेज़ पर सो रहे हैं। ममी मुझे दिखा गई

---

1. पहले संस्करण में निम्नलिखित पंक्तियाँ थीं :
मैं और बज़्म-ए-मय से यूँ तिश्ना-काम आऊँ
गर मैं ने की थी तौबा साक़ी को क्या हुआ था

हैं। मैं ऐसा कवि नहीं बनना चाहता। *(माँ से सुनी युक्तियाँ दोहराता है)* टैगोर खाने की मेज़ पर नहीं सोते थे और सरोजिनी नायडू...

श्रीपत : *(मेज़ से उछलकर उसे बाँहों में लेकर चूम लेता है)* मैं कवि नहीं हूँ; पर कवि मेज़ पर भी सोते हैं, धरती पर भी और गदेलों पर भी। यह कहीं नहीं लिखा कि मेज़ पर सोने वाला आदमी कवि नहीं बन सकता। *(फिर उसे चूमकर)* पर तुम जाओ बेटे, जाकर गणित में मन लगाओ। तुम्हारा ध्यान जो इतनी जल्दी कविता से हट गया तो लगता है कि तुम्हारा ध्यान उसमें नहीं था।

नीलम : दादा जी हमेशा कहते हैं, हमको डिस्टर्ब न करो, क्या उनका भी ध्यान नहीं होता?

श्रीपत : *(ज़ोर से ठहाका लगाता है)* जैसे तुम गणित के सवाल करते हुए कविता या कहानी की बात सोचते हो, इसी तरह वे भी फ़ैसले लिखते-लिखते तुम्हारी दादी की बात सोचने लगते हैं।

ओमी : *(बैठक से)* नीलम, तुम वहाँ क्या कर रहे हो? अपने दादा जी को सोने दो और जाकर अपने सवाल करो। कच्ची नींद से जग जाएँगे तो परेशान होंगे।

[नीलम तत्काल अपने कमरे में चला जाता है।]

श्रीपत : *(ज़ोर से ठहाका लगाते और बैठक में जाते हुए)* कच्ची नींद से तो मुझे अन्नो ने जगा दिया, नीलम क्या जगाएगा।

[घड़ी में चार बजते हैं]

ओमी : *(झटके से उठती है)* पापा के आने का समय हो गया... मुन्नी...मुन्नी...

[नौकरानी को आवाज़ देते हुए जाती है। बाहर से उसकी आवाज़ सुनाई देती है।]

ओमी : जज साहब के आने का समय हो गया है, पानी रख दो केतली में।

[श्रीपत काउच में धँस जाता है। अन्नो उसके पीछे-पीछे आकर सामने के काउच पर बैठती है।]

अनिमा : आपने जहाँ दूसरी आदतें बदलीं, वहाँ क्या खाने की मेज़ पर सोने की आदत नहीं बदली?

श्रीपत : क़सम ले लो, जो पिछले बीस बरसों में कभी मेज़ पर सोया हूँ। यहाँ आने से पहले सोचता था कि अबके जाऊँगा तो जीजा जी के साथ बैठकर गप लड़ाऊँगा। एक ही चारपाई पर उनके साथ बैठूँगा और आराम से बिस्तर पर सोऊँगा। पर यहाँ आकर पता चला कि अंजो दीदी अपनी प्रतिनिधि छोड़ गई है, जो कुछ बातों में अंजो के भी कान काटती है। तब न जाने क्या हुआ कि मैं फिर वैसे-का-वैसा हो गया। मैं तो सच उसी क्षण चला जाता, पर एक तो जीजा जी से भेंट नहीं हुई, दूसरे रात भर का थका हुआ था, इसलिए सो गया। बाथ-रूम किधर है? मैं ज़रा मुँह-हाथ धो लूँ।

अनिमा : उधर नीलम के कमरे के साथ है, इधर जीजा जी के कमरे के साथ भी है।

[श्रीपत जाता है और नीरज प्रवेश करता है।]

नीरज : *(कोट उतारकर फेंकते हुए)* लो मौसी, अब जाकर जान छूटी है उन शरणार्थियों से।

अनिमा : बात क्या थी?

नीरज : अब आप से क्या कहें मौसी! कैम्प की एक लड़की को शिकायत थी कि शरणार्थी अफ़सर ने उसे अपने घर इंटरव्यू के लिए बुलाया और छेड़खानी की। लड़की बड़े अच्छे घर की है। तकलीफ़ में है। उसने अफ़सर के मुँह पर तमाचा मार दिया। अफ़सर ने उसे बदचलन कहकर कैम्प से निकाल दिया। एक हंगामा मचा है। बड़ी मुश्किल से मामला सुलझाया।

अनिमा : क्या होगा?

नीरज : डी. एम. शरणार्थी अफ़सर की तरक़्क़ी की सिफ़ारिश कर रहे हैं।

अनिमा : तो क्या इस सबके बाद उनकी तरक़्क़ी होगी?

नीरज : शरणार्थी उन्हें बदलवाना चाहते हैं और डी.एम. उनकी तरक़्क़ी कराना। एक तीर से दो शिकार हो जाएँगे।

[ओमी आती है।]

ओमी : क्या पापा नहीं आए? *(नीरज की ओर देखकर)* अब जाकर छुट्टी मिली आपको? कहिए, खाना खाएँगे या चाय ही ठोस लेंगे?

नीरज : चाय-वाय को छोड़ो। बियर की कुछ बोतलें फ़्रिज में रखवा दीं कि नहीं? नज़ीर आता होगा।

ओमी : बोतलें मैंने रख दी हैं, लेकिन क्या शाम को ही शुरू कर देंगे।

नीरज : रात को वह ख़ाली नहीं। अब मैंने कह दिया है, तुम प्रबन्ध कर दो।

ओमी : मैं कहती थी कि अच्छा होता, आप यहाँ न पीते!

[नीरज उठकर जाता है और रेफ़्रिजरेटर से बोतलें निकालता है।]

नीरज : क्यों, यहाँ क्यों न पिएँ? *(बोतलें लाकर तिपाई पर रखता है।)*

ओमी : पहली बात तो यह है कि पापा ने इस कमरे को उसी तरह रहने दिया, जैसे ममी के समय में था। दूसरे, ममी की जान इसी कारण गई। तीसरे, पापा शराब को हाथ नहीं लगाते और मैं नहीं चाहती कि उन्हें बुरा लगे।

नीरज : यह तो बिलकुल बेतुकी बात है। मैं अपने घर में मेहमानों को बुलाऊँ भी नहीं?

[जाकर कुछ और बोतलें और बियर के मग लाता है।]

ओमी : यदि आप नहीं चाहते कि इसी बात को लेकर यहाँ कोई दूसरी दुर्घटना हो तो आप दूसरा प्रबन्ध कीजिए। मैंने प्रण किया है कि इस घर में सब कुछ वैसा ही होगा, जैसे ममी के ज़माने में होता था।

[दोनों क्षण भर एक-दूसरे की ओर देखते हैं, फिर नीरज आँखें हटा लेता है।]

नीरज : फिर तुम्हीं बताओ, कहाँ इसका प्रबन्ध किया जाय?

ओमी : नज़ीर भाई के यहाँ कीजिए। या उधर अपने ऑफ़िस में कीजिए, पर इस खाने या बैठने की जगह नहीं हो सकता।

[चपरासी क्रिकेट का सामान लिये प्रवेश करता है।]

चपरासी : साहब, 'वृन्दा स्पोर्ट्र्स' का आदमी यह क्रिकेट का सामान दे गया है।

नीरज : लाओ, दिखाओ!

[उससे लेकर बैट का काग़ज़ खोलता है। उसे फ़र्श

पर टिकाकर उसके हत्थे पर ज़ोर देकर देखता है।]

नीरज : और वह एलबम नहीं भेजा उसने?

चपरासी : जी भेजा है!

[बग़ल में रखा दूसरा पार्सल नीरज की ओर बढ़ाता है। नीरज उसे खोलकर एक-दो पृष्ठ उलटकर देखता है और बच्चों की तरह प्रसन्न होकर नीलम को आवाज़ देता है।]

नीरज : नीलम...नीलम!

नीलम : *(दूसरे कमरे से)* जी पापा! *(हाथ में कलम लिये हुए भागा आता है।)*

नीरज : तुम्हारे लिए क्रिकेट का सामान मँगाया है। और देखो, इस एलबम में क्रिकेट के सब खिलाड़ियों के चित्र उनके नाम और काम-समेत छपे हैं। चलो, तुम्हें दिखाएँ। *(मुड़कर चपरासी से)* तुम ज़रा नज़ीर साहब के यहाँ जाओ और कहो कि मुँह-हाथ धोकर चले आएँ!

[एक हाथ में एलबम लिये, दूसरा नीलम के कन्धे पर रखे, चलने को होता है।]

नीलम : पापा जी, मैं तो गणित कर रहा हूँ।

नीरज : *(रुके बिना)* सुबह से तुम्हारा गणित नहीं हुआ? पाँच बजने को आए हैं, अब एक-दो घंटे खेलो, फिर पढ़ लेना। गधे की तरह सारा दिन पढ़ाई का बोझ ढोओगे तो गधे बन जाओगे!

ओमी : हाथ-पैर सिर तुड़वा लेगा तो आपको चैन आएगा।

नीरज : *(उसकी नहीं सुनता)* चलो-चलो, तुम्हें क्रिकेट के खिलाड़ियों की तसवीरें दिखाएँ, फिर कुछ क्षण खेलेंगे।

ओमी : आप उसे निकम्मा और आवारा बनाकर दम लेंगे।

नीरज : *(उसकी नहीं सुनता और अन्नो से कहता है)* अन्नो मौसी, तुम भी आओ!

अनिमा : तुम्हीं जाओ भाई। मैं न बैट पकड़ना जानूँ, न गेंद फेंकना।

नीरज : तुम ज़रा विकेटों के पीछे खड़ी हो जाना।

[ज़ोर से हँसता है और गेंद नीलम को देकर विकेटें बग़ल में लिये, बैट घुमाता हुआ चला जाता है। पीछे-पीछे अन्नो जाती है।]

ओमी : मौसी, नाक-मुँह तुड़वा लोगी!

अनिमा : *(मुड़कर)* अरे, मैं रहूँगी तो नाक-मुँह टूटने से बचे रहेंगे।

[हँसती हुई चली जाती है। ओमी लम्बी साँस लेकर कोने के काउच में धँस जाती है और सिलाइयाँ ले बैठती है। कुछ देर बाद श्री इन्द्रनारायण अपने कमरे से निकलते हैं।

हालाँकि शक्ल वही वकील साहब की है, पर इन बीस वर्षों ने—जिनमें वे वकील से जज हो गए हैं—उन्हें काफ़ी बदल दिया है। उनके शरीर ने मांस छोड़ दिया है। चेहरे पर आँखों के नीचे बड़े-बड़े लोथड़े हैं। पेट भी कद्रे मोटा है। चेहरे पर ताज़गी नहीं। हाँ, संन्यासियों का-सा वैराग्य वहाँ अवश्य विद्यमान है।

कोने के अँधेरे में काउच पर बैठी ओमी को देखे बिना, वे किचन की ओर के दरवाज़े की तरफ़ बढ़कर आवाज़ देते हैं।]

इन्द्रनारायण : मुन्नी...मुन्नी...बहू...

[ओमी सहसा चौंककर उठती है।]

ओमी : जी पापा!

इन्द्रनारायण : क्यों बेटी, क्या श्रीपत आया था? यह मेरे ब्लॉटिंग-पैड पर उसका बड़ा-सा नाम लिखा है।

ओमी : जी आए थे।

इन्द्रनारायण : कब आया? कहाँ है?

[उसी समय नीलम के कमरे से रूमाल से हाथ पोंछता हुआ श्रीपत आता है और जज साहब को देखते ही—'जीजा जी'—कहता हुआ बढ़कर उन्हें आलिंगन-बद्ध कर लेता है।]

श्रीपत : कहिए जीजा जी, कैसे मिज़ाज हैं?

[ओमी उन्हें बातों में निमग्न देखकर जल्दी-जल्दी बियर की बोतलें उठाने लगती है कि श्रीपत की नज़र उस पर पड़ जाती है।]

श्रीपत : इन्हें यहीं रहने दो बेटी!

[ओमी बोतलें वहीं छोड़कर चली जाती है।]

इन्द्रनारायण : *(उसके आलिंगन से अलग होते हुए)* अरे भाई, कब आए, कहाँ से आए, कैसे हो?

श्रीपत : *(हँसते हुए लम्बी साँस भरकर)*
हम यायावर, हम क्या बोलें,
कब हाथ बढ़े, कब पाँव उठे।[1]
आप अपनी कहिए—*(दोनों हाथों से कमर थामकर एक*

---

1. पहले संस्करण में निम्नलिखित शेर था :
कुछ बात न पूछो रिन्दों की
कब हाथ बढ़े कब पाँव उठे

क़दम पीछे हटकर देखता है) आख़िर जज हो गए न, पर क़सम भगवान की शक्लो-सूरत से आप जज नहीं, चीफ़ जस्टिस मालूम होते हैं। आप हमेशा चार क़दम आगे रहे जीजा जी!

इन्द्रनारायण : तुम तो श्रीपत वैसे-के-वैसे दिखाई देते हो। तुम्हारे तो बाल तक नहीं पके। मैं तो *(टोपी उतारकर दिखाते हैं)* गंजा हो रहा हूँ। कहो, किधर रहे? आज मुद्दतों बाद देखने को मिली है तुम्हारी सूरत। कहाँ-कहाँ रहे?

श्रीपत : *(लम्बी साँस भर)* अरे जीजा जी, यह न पूछिए। यह पूछिए कहाँ नहीं रहे? एक जहान देख डाला इन बीस बरसों में। आप अपनी कहिए!

इन्द्रनारायण : अरे भाई, हमारी क्या पूछते हो—

सुबह होती है शाम होती है,
उम्र योंही तमाम होती है!

(खोखली-सी हँसी हँसते हैं।)

श्रीपत : सुबह तो हमारी जीजा जी, बस शाम को होती है, पर हम यह कोशिश करते हैं कि वह कुछ रंगीन हो जाय। उम्र तमाम हो, पर उम्र तमाम होने का खेद न रहे। *(आवाज़ को धीमा करके)* तो कहिए, फिर रहे न 'दिलकुशा' का प्रोग्राम?

इन्द्रनारायण : अरे भाई, मैं जज हूँ।

श्रीपत : तो 'गेलॉर्ड' सही!

इन्द्रनारायण : *(लम्बी साँस लेते और काउच में धँसते हुए)* नहीं, मैंने तो मुद्दत हुई पीना छोड़ दिया।

श्रीपत : पहले ही आप कौन ज़्यादा पीते थे?

इन्द्रनारायण : नहीं, मैं पीने लगा था, पर अब तौबा कर ली।

श्रीपत : *(बोतल का काग भक् से उड़ाते हुए)* तो फिर आज तौबा टूट जाय। *(दो मगों में ढालता है। एक मग जज साहब*

की ओर बढ़ाता है।) जिगर ने कहा है—'तौबा करता हूँ, तोड़ने के लिए!'[1] लीजिए, आज के दिन तोड़ दीजिए तौबा!

इन्द्रनारायण : नहीं भाई, अंजो की मौत के बाद मैंने क़सम खा ली थी कि मैं अब कभी न पियूँगा। न मैं चोरी से पीने लगता, न उसे वैसा फ़िट आता और न वह मरती।

श्रीपत : फ़िट उसको आपकी शराबनोशी पर न आता तो किसी और बात पर आता। वह कमज़ोर नसों की मॉर्बिड औरत थी और नाना जी ने उसे सिर पर चढ़ा रखा था।

इन्द्रनारायण : जो भी हो, उसकी चिट्ठी की वे दो पंक्तियाँ सदा मेरे मन को कचोटती रहीं। मैंने दो-एक बार चाहा भी, पर पी न सका।

श्रीपत : लेकिन आपको मालूम नहीं, अंजो कितनी मॉर्बिड थी और वह अपने हठ को पूरा करने के लिए क्या कुछ न कर सकती थी। *(किंचित धीमे स्वर में)* वह फ़िट से नहीं मरी, उसने ज़हर खा लिया था!

इन्द्रनारायण : *(आँखें फाड़े)* क्या कहते हो!

श्रीपत : मैं ठीक कहता हूँ। महज़ दौरे के बाद शराब आप शायद न छोड़ते, इसलिए उसने ज़हर खा लिया। और आपको बताया नहीं कि आप अन्तरमन में झुँझला न जायँ, उसे मूर्ख या हठी समझकर इस घटना को भूल न जायँ। और जो बात वह अपनी ज़िन्दगी में न कर सकी, वह उसने मर के कर दिखाई।

इन्द्रनारायण : *(अचानक उसे दोनों कन्धों से पकड़कर झकझोरते हुए)* तुम्हें किसने बताया?

श्रीपत : अन्नो ने!

---

1. पहले संस्करण में यहाँ निम्नलिखित शेर था :
   पुकारता है यह अन्दाज़ो-नाज़े-तौबा शिकन
   कि आए वो जिसे दावा हो पारसाई का

इन्द्रनारायण : *(अन्दर की ओर बढ़ते हुए उद्वेलित स्वर में चिल्लाते हैं)* अन्नो...अन्नो...!

[अनिमा भागी आती है। जज साहब के स्वर में कुछ ऐसी उत्तेजना, कुछ ऐसा उद्वेलन है कि ओमी भी उसके पीछे-पीछे चली आती है और अन्नो के पीछे नीरज भी झाँकता है और उसके पीछे नीलम भी।]

अनिमा : क्या बात है जीजा जी?

इन्द्रनारायण : यह श्रीपत क्या कहता है?

[अनिमा प्रश्नसूचक दृष्टि से देखती है।]

इन्द्रनारायण : क्या अंजो ने ज़हर खाया था?

[अनिमा श्रीपत की ओर प्रश्नसूचक दृष्टि से देखती है।]

इन्द्रनारायण : क्या अंजो ने ज़हर खाया था?

[अनिमा चुप है।]

इन्द्रनारायण : *(लगभग चिल्लाकर)* क्या अंजो ने ज़हर खाया था?

अनिमा : *(श्रीपत से)* क्या आपको इसलिए बताया था कि आप सीधे जीजा जी को आकर बता दें?

श्रीपत : अंजो का तिलिस्म जितनी जल्दी टूट जाय, अच्छा है। यह कोई जीवन जी रहे हैं जीजा जी?

ओमी : क्यों, इसमें क्या बुराई है? संयम से, नियमितता से जीवन जीना क्या बुरा है? आप क्या चाहते हैं कि यहाँ सुबह-शाम बोतलें खुलें, काग उड़ें, शोर और धमा-चौकड़ी मचे।

[नज़ीर बाहर के दरवाज़े से 'हलो' कहता हुआ

आता है, पर जज साहब को देखकर चुपचाप एक ओर खड़ा हो जाता है।]

श्रीपत : वह दूसरी सीमा है। यह क्या ज़रूरी है कि आदमी सदा सीमाओं पर चले। बीच का मार्ग क्या ठीक नहीं?

ओमी : लेकिन बीच के मार्ग पर चलना क्या आसान है। बीच का मार्ग अगर रहता तो ममी को शायद आपत्ति न होती।

श्रीपत : *(हँसकर)* अंजो मेरी बहन थी और जितना तुम अपनी सास को जानती हो, उससे अधिक मैं अपनी बहन को जानता हूँ।

ओमी : *(व्यंग्य से)* आपकी बहन भी तो आपको जानती थीं।

श्रीपत : अंजो मुझे जानती तो अपने हाथों अपने जीवन का यों अन्त न करती।

नज़ीर : अपने हाथों...

नीरज : *(अपने कमरे से आते हुए)* आप क्या कहते हैं...

श्रीपत : मैं ठीक कहता हूँ—अंजो मेरी बहन थी, पर वह नाना के यहाँ पली थी। वह सख़्त मॉर्बिड और ज़ालिम थी, क्योंकि हमारे नाना मॉर्बिड और ज़ालिम थे। वह घर को घड़ी की तरह चलाना चाहती थी, पर वह न जानती थी कि घड़ी मशीन है और इनसान मशीन नहीं। जब इनसान मशीन बन जाएगा तो वह दिन दुनिया के लिए सबसे बड़े ख़तरे का दिन होगा। इनसान का मशीन बनना सनक ही का दूसरा रूप है। अंजो यदि इसे समझती तो जीजा जी को चोरी से शराब पीने और अंजो को मरने की ज़रूरत न पड़ती। लेकिन अंजो ने जब देखा कि वह ज़िन्दगी में अपनी ज़िद पूरी नहीं कर सकती तो उसने ज़हर खा लिया और जिस काम में वह ज़िन्दगी में सफल न हुई थी, उसमें मरकर हो गई। इस कमरे को देखो—पाँच बरस से

इसमें कोई ज़ोर से नहीं हँसा, ज़ोर से नहीं बोला। पाँच बरस से इसमें सिगरेट या शराब का एक घूँट नहीं पिया गया—पाँच बरस से यह अंजो की सनक को पालता रहा है। पर मैं समझता हूँ, आज अंजो की सनक, उसके ज़ुल्म, उसके तिलिस्म को तोड़ना ज़रूरी है, ताकि इस घर के लोग अपना-अपना जीवन जिएँ। नीरज चाहे तो सिटी मैजिस्ट्रेट होता हुआ भी क्रिकेट खेले या मैजिस्ट्रेसी छोड़कर क्रिकेट खेले; नीलम आई.ए.एस. या क्रिकेट का कप्तान बने या न बने, पर कवि ज़रूर बने और जीजा जी चाहें तो एक-आध पेग पिएँ और एक-आध शाम 'स्टैंडर्ड' या 'गेलॉर्ड' में गुज़ारें। लीजिए जीजा जी, उठाइए। लो भई नीरज, तुम लोग भी लो।

[बियर की एक बोतल खोलकर दो मगों में ढालकर नीरज और नज़ीर को भी देता है। ओमी और अन्नो किंकर्तव्यविमूढ़ देखती हैं।]

इन्द्रनारायण : *(गिलास उठाते हैं और अंजो के चित्र की ओर देखते हैं)* ज़रा-सी ग़लती पर अपनी सनक में तुमने मेरे पाँच बरस रेगिस्तान बना डाले अंजो, मैं तुम्हें क्या कहूँ। इस कमरे पर बरसों से तुम्हारा जादू तारी है, पर श्रीपत ठीक कहता है, यह जादू टूटना चाहिए, इस घर को उस घड़ी की तरह नहीं, इनसानों की तरह जीना चाहिए। *(धीरे-धीरे मग उठाते हैं, लेकिन होंठों के पास तक ले जाकर हाथ रोक लेते हैं।)* नहीं भाई, मैं नहीं पी सकता। अंजो के ज़ुल्म और उसकी सनक की बात मैं मानता हूँ, पर जब उस सनक के लिए उसने जान दे दी तो उसकी रक्षा करनी ही चाहिए। जाने ज़िन्दगी और कितने दिन बाकी है, क्यों इन चन्द दिनों के लिए उसकी आत्मा को कष्ट दूँ? *(मग*

को मेज़ पर रखकर अपने कमरे को चलते हैं, फिर रुकते हैं।) लेकिन तुम पियो, मौज मनाओ, इस कमरे का जादू तोड़ो, हँसो, शोर मचाओ, जियो! *(फिर मुड़कर जाते हुए)* लेकिन मुझे मेरे हाल पर छोड़ दो...मुझे मेरे हाल पर छोड़ दो!

[सब किंकर्तव्यविमूढ़ खड़े हैं, जब इन्द्रनारायण अपने कमरे में चले जाते हैं।

पर्दा सहसा गिर जाता है।]

अंजो दीदी : एक विवेचन

सतीशचन्द्र श्रीवास्तव

ऐतिहासिक परिपार्श्व

एक सम्पूर्ण नाटक के रूप में अंजो दीदी अश्क जी की प्रकाशित नाट्य-कृतियों में सर्वाधिक लोकप्रिय एवं प्रौढ़ रचना है। वस्तु की सामाजिक यथार्थता और कलात्मक पूर्णता से समन्वित यह कृति 'छठा बेटा' और 'अलग-अलग रास्ते' की परम्परा को आगे बढ़ाती है और जितने अंश में यह परम्परा प्रौढ़ व परिपक्व होकर उत्तरोत्तर निखरती जा रही है, उतने ही अंश में पूर्ववर्ती नाट्य-परम्परा से इसका अलगाव स्पष्ट होता जा रहा है।

भारतेन्दुकालीन व प्रसाद-युगीन नाटकों और इस परम्परा के बीच की विभाजक-रेखा इतनी स्थूल है कि उसे बिना किसी गहरी दृष्टि के भी आसानी से टटोला जा सकता है। भारतेन्दु ने भरत मुनि के नाट्य-शास्त्र में वर्णित अधिकांश नाटकीय विधानों का उपयोग किया है। प्रसाद ने इस सम्बन्ध में यद्यपि कुछ सतर्कता से काम लिया है और नान्दी व सूत्रधार आदि की नियोजना नहीं की, फिर भी उनका शिल्प बेदाग़ नहीं है। उनके नाटकों में न तो संगठित कथा-वस्तु है और न संकलन-त्रय के अन्य बन्धनों पर अमल करने का कोई जागरूक प्रयास। कार्य-व्यापार में हद दर्जे का बिखराव है...एक दृश्य उदयन के राजमहल का है तो दूसरा नर्तकी श्यामा के विलास-कक्ष का और तीसरा समर-भूमि का।[1] भाषा भी अतिशय अलंकृत और काव्यमय है। लम्बे-लम्बे

1. प्रसाद के अजातशत्रु नाटक में कुछ ऐसा ही बिखराव है, यद्यपि दृश्यों का क्रम बिलकुल ऐसा नहीं है।

स्वगत-कथन हैं और भाषा में पात्रानुकूल परिवर्तन भी नहीं होते...ग्रीक, शक, हूण, चीनी—सभी पात्र संस्कृत से बोझिल भाषा का प्रयोग करते हैं। प्रसाद का पात्र-विधान भी निर्दोष नहीं हैं। पात्रों के प्रवेश और प्रस्थान के पीछे नाटकीयता अधिक है, यथार्थता कम। जैसे ही नाटक का कोई प्रमुख पात्र विपत्ति में फँस जाता है और ऐसा लगता है कि बस अगले ही क्षण वह आत्महत्या कर लेगा या विरोधियों द्वारा उसकी जीवन-लीला समाप्त कर दी जाएगी, वैसे ही किसी पात्र का आकस्मिक प्रवेश होता है और उसके वरदहस्त के नीचे उस पात्र की रक्षा हो जाती है। उनके पात्रों के सम्बन्ध में एक बात और है। वह यह कि उन्होंने अपने पात्रों को गढ़ने में मनोविज्ञान का अधिक उपयोग नहीं किया, इसीलिए उनके अधिकांश प्रमुख पात्र यथार्थ की धरती पर अपने पैर मज़बूती से नहीं टिकाए हुए हैं और जैसे ही प्रबल-मनोवेगों का कोई अन्धड़ आता है, भावना की उड़ान लेकर वे अतीन्द्रिय-जगत में जा पहुँचते हैं। यद्यपि प्रसाद से गम्भीर मनोवैज्ञानिक विश्लेषण प्रस्तुत करने की माँग करना अन्याय होगा, फिर भी उनके पात्रों से स्वाभाविकता और यथार्थता की अपेक्षा न करना न्यायसंगत नहीं है।...वस्तुत: यही सारी ख़ामियाँ प्रसाद के नाटकों की अभिनेयता के सामने एक बड़ा-सा प्रश्नचिह्न लगा देती हैं।

प्रसाद ने रंगमंच की अनिवार्यताओं की इतनी उपेक्षा क्यों की? यह एक ऐसा प्रश्न है, जो व्यापक परिप्रेक्ष्य में थोड़ी गहराई के साथ विचार करने के लिए प्रवृत्त करता है। यह ठीक है कि प्रसाद जी अन्तत: एक भावुक कवि थे और यह भी ग़लत नहीं है कि वे दार्शनिक थे, संस्कृत के प्रकांड विद्वान थे और भारत की प्राचीन संस्कृति के प्रति उनकी प्रगाढ़ श्रद्धा थी, किन्तु यह सब इस बात का पूर्ण समाधान नहीं है कि उनके नाटकों में अभिनेयता का अभाव है। इस तथ्य को उपलब्ध करने के लिए प्रसाद की पूर्ववर्ती और समकालीन नाट्य-परम्परा पर दृष्टिपात करना भी आवश्यक होगा।

हिन्दी के अनेक आलोचकों ने शिवसिंह जू के आनन्द रघुनन्दन को हिन्दी का पहला मौलिक और साहित्यिक नाटक करार दिया है। इसका शिल्प प्राचीन संस्कृत नाटकों के ढर्रे पर है। इसके लगभग डेढ़ सौ वर्ष बाद वाजिद अली शाह

के दरबारी कवि अमानत का 'इन्दर सभा' आता है, जो व्यावसायिक नाटकों का सूत्रपात करता है। वस्तुत: 'आनन्द रघुनन्दन' और 'इन्दर सभा' हिन्दी नाटक साहित्य की दो समानान्तर धाराओं के प्रारम्भिक बिन्दु हैं। 'आनन्द रघुनन्दन' साहित्यिक धारा का प्रतिनिधित्व करता है और 'इन्दर सभा' व्यावसायिक धारा को बढ़ाता है। मौलिक तथा अनूदित नाटकों की पहली परम्परा शिवप्रसाद सिंह 'सितारेहिन्द', राजा लक्ष्मण सिंह और भारतेन्दु से होती हुई द्विजेन्द्र लाल राय, प्रसाद, अहमद शुजा तथा इम्तियाज़ अली 'ताज' तक आई और दूसरी धारा 'रौनक', 'ज़रीफ़', 'तालिब', 'अहसन', 'बेताब', राधेश्याम कथावाचक, आग़ा 'हश्र' तथा 'रहमत' तक पहुँची। वस्तुत: ये दोनों धाराएँ, एक-दूसरी को प्रभावित करती हुई, भारतेन्दु और प्रसाद युग में बराबर चलती हुई, वर्तमान युग तक आई हैं।

साहित्यिक नाटक-परम्परा का व्यावसायिक नाट्य-धारा से विरोध होना स्वाभाविक ही था। भारतेन्दु में भी पारसी-थियेटर कम्पनियों द्वारा अभिनीत सस्ते और अश्लील नाटकों के प्रति गहरी वितृष्णा थी। उन्होंने एक स्थल पर इसका उल्लेख भी किया है :

> काशी में पारसी नाटक वालों ने नाच-घर में जब शकुन्तला नाटक खेला तो उसमें धीरोदात्त नायक दुष्यन्त खेमटे वालियों की तरह कमर पर हाथ रखकर मटक-मटककर नाचने और 'पतरी कमर बल खाय!' गाने लगा। तब डॉ. थिबो, बाबू प्रमदादास मित्र प्रभृति विद्वान यह कहकर उठ आए कि अब नहीं देखा जाता, ये लोग कालिदास के गले पर छुरी फेर रहे हैं।

हमारे यहाँ व्यावसायिक नाटक का यही सस्ता और घटियापन था, जिसने प्रसाद के मन में उधर से घोर वितृष्णा उत्पन्न की।

साहित्यिक और व्यावसायिक नाटकों में क्या मूलभूत अन्तर है? व्यावसायिक नाटक कैसे साहित्यिक नहीं होता अथवा कम साहित्यिक होता है? इन दोनों की अन्तर्भूत प्रवृत्तियाँ क्या हैं? इन प्रश्नों पर यहाँ कुछ प्रकाश डालना समीचीन होगा।

स्थूल-रूप से इन दोनों में निम्नलिखित अन्तर है :

1. साहित्यिक नाटक का प्रमुख गुण, उसकी सुपाठ्यता होती है और व्यावसायिक का, उसकी अभिनेयता! यद्यपि साहित्यिक नाटक भी खेले जाते हैं, फिर भी उनका दृष्टिकोण साहित्यिक और सांस्कृतिक अधिक होता है, व्यावसायिक कम। हमारे यहाँ के अधिकांश व्यावसायिक नाटक यद्यपि रंगमंच पर बड़े सफल रहे, पर उनका प्रकाशित रूप न लोकप्रिय हो सका, न साहित्य का अंग ही बन सका।
2. साहित्यिक नाटककार जन-रुचि का निर्माता होता है। वह जनता की अभिरुचि का परिष्कार करता है, इसीलिए उसका दृष्टिकोण कलात्मक होता है, जबकि व्यावसायिक नाटककार जन-रुचि के अनुकूल ही सस्ते और प्राय: अश्लील नाटक लिखकर सफल होने की चेष्टा करता है।
3. साहित्यिक नाटकों की भाषा सुघड़ और परिमार्जित होती है, जबकि व्यावसायिक नाटकों में चलती हुई भाषा का ही प्रयोग किया जाता है।
4. साहित्यिक नाटककार वस्तु और शिल्प के क्षेत्र में अभिनव प्रयोग करता है, किन्तु व्यावसायिक नाटककार हानि के भय से प्राय: ऐसा नहीं कर पाता।
5. सामाजिक तत्त्व की दृष्टि से साहित्यिक नाटक व्यावसायिक की अपेक्षा अधिक क्रान्तिकारी होता है। व्यावसायिक नाटक यदि समाज की कुरीतियों का विरोध भी करता है तो अत्यन्त धीमे स्वर में। उसका प्रयास क्रान्तिकारी नहीं, तथाकथित सुधारवादी रहता है।

साहित्यिक तथा व्यावसायिक नाटक में ये अन्तर हों ही, यह ज़रूरी नहीं। यद्यपि इसमें सन्देह नहीं कि यूरोप तथा अमरीका में भी व्यावसायिक नाटकों तथा साहित्यिक नाटकों में ये भेद मिल जाएँगे, फिर भी इस नियम के अपवाद हैं। कई सफल व्यावसायिक नाटक सफल साहित्यिक नाटक सिद्ध होते हैं

तथा कई साहित्यिक नाटक रंगमंच पर सफल उतरते हैं। यूरोप में चूँकि नाटक केवल पढ़ने के लिए कम लिखे जाते हैं, वहाँ सफल नाटक की कसौटी उसका रंगमंच पर भी सफल होना है, इसलिए वहाँ उच्च कोटि के नाटकों में दोनों गुण विद्यमान रहते हैं और विभेद कम हैं। हमारे यहाँ ऐसे नाटकों की कमी नहीं, जो केवल पाठकों के दृष्टिकोण से लिखे जाते हैं और ऐसे नाटककारों द्वारा लिखे जाते हैं, जिन्हें रंगमंच का तनिक भी अनुभव नहीं; इसलिए ये अन्तर ज़्यादा हैं। बात वास्तव में लेखक के दृष्टिकोण और उसकी प्रतिभा पर निर्भर है। यदि व्यावसायिक रंगमंच के लिए लिखने वाला नाटककार कलात्मक अभिरुचि और स्वस्थ जीवन-दर्शन रखता है तो वह ऐसा नाटक लिखता है, जो मनोरंजन के साथ-साथ दर्शकों को सोचने अथवा सीखने पर विवश कर देता है और उसके नाटक में साहित्यिकता आ जाती है। दूसरी ओर, पाठकों के लिए नाटक लिखने वाला यदि रंगमंच का अनुभव भी रखता है तो उसका नाटक व्यावसायिक मंच पर भी सफल उतरता है। एक ओर शेक्सपियर तथा दूसरी ओर चेख़व, रवीन्द्रनाथ और भारतेन्दु इस कथन के प्रमाण हैं।

भारतेन्दु यद्यपि उच्च कोटि की साहित्यिक दृष्टि से सम्पन्न थे, किन्तु वे एक सफल अभिनेता और निर्देशक भी थे, इसीलिए व्यावसायिक नाटकों के प्रति अपनी वितृष्णा के होते भी उन्होंने अपने नाटकों का प्रणयन करते समय अभिनेयता का सदा ध्यान रखा। किन्तु प्रसाद में व्यावसायिक धारा के सस्तेपन के विरुद्ध गहरी प्रतिक्रिया हुई, जिसका प्रतिफलन उनकी कथा-वस्तु, चरित्र-चित्रण और भाषा—सभी में दीख पड़ता है। उनकी परिष्कृत और सुसंस्कृत अभिरुचि तत्कालीन व्यावसायिक रंगमंच को स्वीकार करने में असमर्थ थी, इसीलिए उन्होंने अत्यन्त सशक्त शब्दों में अपना यह मत व्यक्त किया कि रंगमंच की सुविधा के लिए वे अपने नाटकीय-विधान को नहीं बदल सकते। रंगमंच को जब उनके नाटकों की आवश्यकता होगी तो वह अपने आप को बदल लेगा। इसीलिए उन्होंने जिन नाटकों का सृजन किया, वे साहित्यिक हैं, सुपाठ्य हैं, किन्तु अभिनेय नहीं हैं।

प्रसाद के समकालीन नाटककारों—हरिकृष्ण 'प्रेमी', उदयशंकर भट्ट और

गोविन्दवल्लभ पन्त, आदि ने उनकी अनेक त्रुटियों का परिहार करते हुए नाटकीय-विधान को रंगमंच की आवश्यकताओं के अनुरूप ढालने का प्रयास किया, पर उन्हें आंशिक सफलता ही मिली। यद्यपि प्रेमी जी के 'रक्षाबन्धन' और गोविन्दवल्लभ पन्त के 'राजमुकुट' आदि नाटकों को शिक्षा-संस्थाओं में कई बार सफलतापूर्वक खेला, किन्तु इनकी सफलता का रहस्य यह नहीं है कि रंगमंच की तकनीक की दृष्टि से ये प्रौढ़ और निर्दोष हैं, सच बात तो यह है कि इन ऐतिहासिक नाटकों की (पौराणिक नाटकों की भी) कथा-वस्तु में अन्तर्भूत एक ऐसा ऐतिहासिक दूरत्व है, जिसमें अपना निजी आकर्षण होता है, जो नाटक की सारी त्रुटियों को हमारी दृष्टि से ओझल करते रहने का उपक्रम करता रहता है।

प्रसाद के बाद हिन्दी नाटक अधिकांश रूप में अपने प्रेरणास्रोतों के लिए भारतीय नाट्य-परम्परा को छोड़कर इब्सन और शॉ की ओर मुड़ा। हिन्दी में सबसे पहले लक्ष्मीनारायण मिश्र ने समस्यामूलक बौद्धिक नाटक लिखे, किन्तु उनकी पकड़ (approach) इतनी अस्पष्ट थी कि समस्याएँ पूरे तौर से उभर नहीं सकीं और उनका शिल्प भी मँज नहीं पाया। यही नहीं, उनमें नाटक के मूलभूत तत्त्व—नाटकीयता—का भी अभाव है।

लक्ष्मीनारायण मिश्र के बाद उस समय हिन्दी में किसी ने भी आधुनिक समस्यामूलक बड़ा नाटक नहीं लिखा। हाँ, एकांकी ख़ूब लिखे गए। भुवनेश्वरप्रसाद, गणेशप्रसाद द्विवेदी, रामकुमार वर्मा, भगवतीचरण वर्मा, उदयशंकर भट्ट, उपेन्द्रनाथ अश्क और जगदीशचन्द्र माथुर ने निरन्तर एकांकी लिखे। भुवनेश्वर तथा गणेशप्रसाद द्विवेदी के एकांकी सुपाठ्य हैं। डॉ. रामकुमार वर्मा, अश्क तथा जगदीशचन्द्र माथुर के एकांकियों में रंगमंच का भी ध्यान रखा गया है और तीनों के सफल एकांकी सुपाठ्य होने के साथ-साथ अभिनेय भी हैं।

उपेन्द्रनाथ अश्क ने अपना पहला बड़ा नाटक 'जय पराजय' प्रसाद और द्विजेन्द्रलाल राय की शैली ही में लिखा, किन्तु इसके बाद उन्होंने एकांकी लिखने के साथ-साथ समस्यामूलक बड़े सामाजिक नाटक भी लिखने शुरू किये। 'जय पराजय' लिखते समय ही उन्होंने घोषित किया कि इस धारा का

वह उनका पहला और अन्तिम नाटक होगा। जगदीशचन्द्र माथुर ने अपने लेख 'नाटककार अश्क' में लिखा है :

> एक ओर पाश्चात्य समस्यामूलक नाट्य-साहित्य से किताबी परिचय-प्राप्त लेखकों की रचना और दूसरी ओर अव्यावसायिक रंगमंच के लिए लघु नाटकों के प्रणयन, इन दो धाराओं का विकास सन् 1936-37 तक हो चला था। उपेन्द्रनाथ अश्क के नाटकों का महत्त्व यही है कि उनमें आगे चलकर इन दोनों धाराओं का समन्वय हुआ। पाश्चात्य नाट्य-साहित्य के किताबी ज्ञान को उन्होंने निजी अनुभव और पर्यवेक्षण के खरल में कूट-पीसकर सामाजिक दिग्दर्शन का नवीन और तथ्यपरक रसायन तैयार किया। एकांकियों से उन्होंने रंगमंच के संकेतों और शिल्प को अपनाया और इस तरह हमारे समकालीन नाटककारों में शायद अश्क ही ने स्पष्ट रूप से प्रसाद के बाद रंगमंच और साहित्य, दोनों के मानदंड पर सही उतरने वाले नाट्य-साहित्य को प्रस्तुत किया। पक्के इरादे और प्रयोजन के साथ उन्होंने अपने प्रथम नाटक 'जय पराजय' के बाद प्रसाद-पद्धति को तिलांजलि दी और जो नूतन प्रेरणा, पृथक दृष्टिकोण एवं आधुनिक शिल्प-विधान इस युग में लोकप्रिय हो चले थे, उन्हें एक ढाँचे में ढालकर हिन्दी नाटक को निजत्व और सुस्पष्ट रूप-रेखा प्रदान की।

'जय पराजय' अश्क जी ने 1937 में लिखा था। इसके बाद उन्होंने एक के बाद एक, कई सामाजिक नाटक लिखे, 'स्वर्ग की झलक', 'छठा बेटा', 'भँवर', 'कैद', 'उड़ान', 'पैंतरे', 'अलग-अलग रास्ते' और अब 'अंजो दीदी'।

'कैद', 'उड़ान' और 'भँवर' में रूमान और यथार्थ को मनोवैज्ञानिक तुला पर तोला गया है, शेष सब नाटक हास्य-व्यंग्य का परिधान ओढ़कर सामाजिक समस्याओं और उनके अन्तर्भूत गहरे दुख को हमारे सामने रखते हैं!—'स्वर्ग की झलक' के रघु की तरह सैकड़ों युवक आज भी अपने स्तर से ऊपर फ़ैशनेबल समाज की लड़कियों पर मुग्ध और उनके निकट पहुँचने पर विरक्त होते आ रहे हैं। 'छठा बेटा' में नई और पुरानी पीढ़ी की ज्वलन्त झाँकी हमें

मिलती है। उसमें कहीं पक्षपात नहीं, किन्तु फिर भी उत्तेजना, कसक, जलन और निराशा की चलती-फिरती तस्वीरें जीवन से ज्यों-की-त्यों उतारकर रख दी गई हैं। 'पैंतरे' में सिनेमा-जगत के कृत्रिम, मानवीय भावनाओं से शून्य, चापलूसी की दुर्गन्ध में बसे जीवन का यथातथ्य वर्णन है और नाटककार का आक्षेप विषाक्त बाण सरीखा है। 'अलग-अलग रास्ते' में हमारे घरों में नित्य घटने वाली ट्रैजेडी निहित है।

इन नाटकों से हिन्दी के नाट्य-साहित्य की जो नई धारा चली है, (और इसी धारा में विष्णु प्रभाकर, जगदीशचन्द्र माथुर, लक्ष्मीनारायण लाल, मोहन राकेश, आदि नाटककार समस्यामूलक नाटक लिख रहे हैं) उसके अन्तर्गत सामाजिक और ऐतिहासिक यथार्थ को मनोवैज्ञानिक धरातल पर प्रतिष्ठित किया गया है और संकलन-त्रय का संयोजन इतनी कलात्मकता से होने लगा है कि नाटकों का क्रिया-कलाप सत्य का भ्रम पैदा करने में समर्थ है। आज के इन नाटकों में दर्शक अपने आस-पास की ज़िन्दगी का जीवित संस्पर्श महसूस करता है और पूर्ववर्ती नाटकों की तरह उसे ऐसा नहीं लगता कि वह जो कुछ देख रहा है, वह महज़ एक तमाशा है, जिसका वास्तविक जीवन से कोई लगाव नहीं। वस्तुतः यही वह मूलभूत अन्तर है, जो आज के नाटकों को पूर्ववर्ती नाटकों से पृथक कर देता है। संक्षेप में प्रसादोत्तर तथा प्रसादेतर, किन्तु उसी शैली में लिखे गए पुराने नाटकों और पाश्चात्य कला से प्रभावित सामाजिक समस्याओं को लेकर चलने वाले इस नये दौर के आधुनिक नाटकों में निम्नलिखित अन्तर हैं :

1. आधुनिक नाटक पुराने नाटकों से कम लम्बे हैं। यदि पुराने नाटक पाँच-छह घंटों में समाप्त होते हैं तो आधुनिक दो-ढाई और अधिक-से-अधिक तीन घंटों में समाप्त हो जाते हैं।
2. पुराने नाटकों में तीन से पाँच तक अंक हैं और प्रत्येक अंक के अन्तर्गत दस-दस, ग्यारह-ग्यारह दृश्य हैं। आधुनिक नाटक में सामान्यतः तीन से अधिक अंक नहीं और दृश्यों की संख्या भी दो-तीन से अधिक नहीं। आधुनिक शैली में लिखे गए श्री माथुर के ऐतिहासिक नाटक

'कोणार्क' में तीन ही अंक हैं और दृश्य भी ज़्यादा नहीं। अश्क जी के 'अलग-अलग रास्ते' में तीन अंक और तीन ही दृश्य हैं और उनकी अवधि भी उतनी ही है, जितनी कि वास्तविक जीवन में?

3. संकलन-त्रय आधुनिक नाटक का प्रमुख गुण है। पुराने नाटकों में समय, स्थान और कार्य-व्यापार की इन इकाइयों का ध्यान नहीं रखा जाता रहा। वहाँ यदि एक दृश्य दिल्ली का तो दूसरा कलकत्ता का होता था। एक यदि दस वर्ष पहले का तो दूसरा दस वर्ष बाद का। रहा कार्य-व्यापार—तो वह संगठित न था। एक ही साथ नाटक में दो-दो कथानक चलते थे। एक गम्भीर, दूसरा प्रहसन। एक दृश्य में गम्भीर कथानक वाला कार्य-व्यापार रहता था तो दूसरे में हास्य-रस वाला आ जाता था (व्यावसायिक दृष्टि से लिखे गए सभी पुराने नाटकों में ऐसा होता था।) इस प्रकार नाटक के रस में आघात पहुँचता था। आधुनिक नाटक में एक ही कथानक रहता है और किसी व्याघात की ज़रा भी गुंजाइश नहीं रहती।
4. आधुनिक नाटक स्वगत-भाषण को अस्वाभाविक मानता है, स्वगत-भाषण आधुनिक नाटक में उतना ही सह्य है, जितना कि साधारणत: जीवन में होता है।
5. पुराने नाटकों में रंगमंच अथवा उसके उपकरणों का कोई निर्देश नहीं रहता। आज के नाटक में पूरे निर्देश रहते हैं। पर्दों के स्थान पर आजकल पूरे सेट रहते हैं।
6. पुराने नाटकों में प्रवेश और प्रस्थान अस्वाभाविक होते थे। आधुनिक नाटक में वे पूर्णरूपेण स्वाभाविक रहते हैं। हर प्रवेश और प्रस्थान का एक निश्चित तर्कपूर्ण कारण होता है और उसका नाटक के कथानक में विशेष अर्थ रहता है।
7. चरित्र-चित्रण को भी आधुनिक नाटक में विशेष महत्त्व दिया जाता है। आधुनिक नाटक का पात्र कितनी भी असम्भाव्य बात क्यों न करे, नाटककार उसे स्वाभाविक और सम्भाव्य बनाकर दिखाता है।
8. पुराने नाटक सत्य का भ्रम उत्पन्न नहीं कर पाते। दर्शक को सदा

यही लगता है कि वह नाटक देख रहा है। आज के नाटक के साज-सामान ही नहीं, उसके लेखन, निर्देशन और अभिनय—सब में सत्य का भ्रम उत्पन्न करने का उद्देश्य निहित रहता है।

और यों प्रसाद-युगीन नाटक केवल साहित्यिक और सुपाठ्य हैं, जबकि आज के अधिकांश नाटक सुपाठ्य होने के साथ-साथ अभिनेय भी हैं। यही सुपाठ्यता व अभिनेयता अश्क जी के नाटकों की महत्त्वपूर्ण विशिष्टता है। यह सत्य है कि नाटक को पूर्णता उसकी अभिनेयता के माध्यम से ही उपलब्ध होती है, किन्तु सफल नाटककार सुपाठ्यता को पूरक-रंगमंच-निर्देशों से इतना सजीव बना देता है कि पाठक के अन्तर्मन में सारा-का-सारा अभिनय साकार हो उठता है। अश्क ज़ी के दो-एक नाटकों को छोड़कर शेष सभी सुपाठ्य होने के साथ-साथ सफल अभिनेय गुणों से समन्वित हैं, जिनसे एक ओर तो साहित्यिक दुरूहता निकल गई है और दूसरी ओर वे व्यावसायिक सस्तेपन से भी मुक्त हैं। यही नाटककार की अभूतपूर्व उपलब्धि है।

वस्तु पक्ष

अंजो दीदी की कथा-वस्तु जिस पारिवारिक समस्या से सम्बद्ध है, वह वस्तुतः हमारे परिवार की एक सनातन ट्रैजिडी है—सनातन इसलिए, क्योंकि माँ-बाप अथवा दूसरे अभिभावकों द्वारा बच्चों की अभिलाषाओं-आकांक्षाओं के दमन की कहानी नई नहीं है। सरपरस्त अपने आश्रित बच्चों पर वही विचार, जीवन के वही आदर्श और मानदंड लादने का प्रयास करते हैं, जिनके वे ख़ुद पोषक हुआ करते हैं। नतीजा यह होता है कि मासूम बच्चों का नैसर्गिक रुझान इस वैचारिक अत्याचार के नीचे कुचलकर रह जाता है और उनके जीवन का स्वाभाविक विकास अवरुद्ध हो जाता है। विडम्बना तो यह है कि मानसिक तथा बौद्धिक स्तर पर दमन की यह प्रक्रिया पीढ़ी-दर-पीढ़ी चलती ही रहती है और इसको चलाने वाले प्रायः वही लोग होते हैं, जो स्वयं अपने बचपन में इसका शिकार बन चुके होते हैं।

इस पारिवारिक ट्रैजिडी का एक मनोवैज्ञानिक पहलू भी है और उसकी अहमियत इसलिए भी है, क्योंकि दमन की इस प्रतिक्रिया के पीछे मनोवैज्ञानिक कारण ही क्रियाशील रहा करते हैं। इस तथ्य की सचाई के बेशुमार उदाहरण हमारे आस-पास के जीवन में बिखरे पड़े हैं।...वकीलों के नाज़-नख़रों से तंग आकर एक मुकदमेबाज़ चाहता है कि उसका बेटा पढ़-लिखकर एक अच्छा-ख़ासा वकील बने, लेकिन कुँवर साहब गामा बनने का स्वप्न देखते हैं। लड़का शरीर से जितना हट्टा-कट्टा है, उसी अनुपात में अक़्ल से भी मोटा है। यद्यपि उसमें एक अखाड़िया जवान बनने की पूरी सम्भावनाएँ हैं, ठाकुर साहब उसे रात-दिन पढ़ते रहते देखना चाहते हैं और कुँवर साहब मौक़ा मिलते ही पीछे के दरवाज़े से हमउम्र छोकरों के साथ ज़ोर-आज़माई के लिए निकल जाते हैं। अन्ततः बेटा न वकील बन पाता है और न गामा—गामा-ज़ेबिस्को की कौन कहे, तहसील के दंगल में भी उसे कभी कोई इनाम नहीं मिलता।... इसी प्रकार यदि किसी की माँ, बहन या पत्नी समुचित दवा-दारू के अभाव में तड़प-तड़पकर मर जाती है तो उसके अवचेतन में न जाने कहाँ से आकर यह भावना घर कर लेती है कि जैसे भी हो, वह अपने छोटे भाई या बेटे को एम.बी.बी.एस. बनाएगा। इस प्रकार व्यक्ति अपनी अतृप्त-आकांक्षाओं और असन्तोष को अपनी सन्तति के माध्यम से फलीभूत करने का प्रयास करने लगता है और यह दमन-चक्र निरन्तर चलता ही रहता है।

'अंजो दीदी' की वस्तु भी इसी प्रकार के कठोर दमन और विचारों को लादने के ज़ुल्म की कहानी है, जिसे नाटककार ने अभिजात वर्ग की नारी, अंजली (अंजो) के माध्यम से प्रस्तुत किया है। अक्सर पाठक, दर्शक और समीक्षक इस ग़लत धारणा के शिकार बन जाते हैं कि विचारों को लादने का ज़ुल्म एक ऐसी प्रवृत्ति है, जिसका सम्बन्ध महज़ अभिजात कुल से है। किन्तु सच बात तो यह है कि यह प्रवृत्ति विशिष्ट देश, काल और वर्ग के दायरे में आबद्ध न होकर शाश्वत और सार्वभौम (universal) है, इसीलिए अंजली, श्रीपत, वकील साहब और नीरज जैसे पात्र उच्च-मध्यवर्ग में भी मिल सकते हैं और निम्न-मध्यवर्ग में भी। यही नहीं, निम्नवर्ग में भी ऐसे पात्रों का मिल जाना मुश्किल नहीं होगा।

अंजली (अंजो) ही इस नाटक की मेरुदंड है और कथा के सारे सूत्र उसके व्यक्तित्व से गुँथे हुए हैं। जीवन को व्यवस्थित, नियंत्रित और। अनुशासित बनाए रखने की प्रवृत्ति उसके व्यक्तित्व में बद्धमूल है। उसे विश्वास है कि ज़िन्दगी भी एक मशीन के समान है, जिसका परिचालन घड़ी की सुइयों के इशारे पर किया जाना असम्भव नहीं है। निश्चय ही उसे अपनी सारी मान्यताएँ, समस्त विश्वास और विधि-निषेध अपने आई.सी.एस. नाना से विरासत में मिले हैं, जिनके व्यक्तित्व के रेशे-रेशे में दूसरों पर शासन करने और अपने विचारों को लादने की प्रवृत्ति व्याप्त थी। कदाचित यह उनकी अफ़सर मनोवृत्ति के अनुरूप भी था। स्वयं अंजो भी, अनजाने ही, अपने नाना के दमन का शिकार बन जाती है, किन्तु यह वृत्ति बचपन से ही उसकी नसों में इस बुरी तरह पैबस्त होती गई है कि नाना की मृत्यु के बाद वह उनके विचारों और आदर्शों का प्रतीक बन जाती है। श्रीपत एक स्थल पर कहता भी है :

> ...बात असल में यह है कि स्वर्गीय नाना जी ने अंजो दीदी के दिमाग़ को जकड़ रखा है। वे थे भी तानाशाह! सदा, अपनी राय दूसरों पर लादा करते थे...

अंजो की तानाशाही और आतंक उसके संसर्ग में आने वाले समस्त पात्रों पर हावी है। वकील साहब जैसा मनमौजी और फक्कड़ व्यक्ति भी उसके दमन के शिकंजे में फँसकर अपनी ज़िन्दगी को उसी साँचे में ढालने लगता है, जिसे वह पसन्द करती है। नीरज पर भी अपनी माँ के अनुशासन की इतनी कड़ी नकेल लगी हुई है कि उसे अपनी रोज़मर्रा की निर्धारित जीवन-व्यवस्था से ज़रा भी इधर-उधर बहकने की छूट नहीं है। 11 वर्ष के इस नन्हे बच्चे में समय की पाबन्दी का ख़याल बुज़ुर्गों जैसा ही है और अंजो नीरज की इस आदत का ज़िक्र अत्यन्त गर्व-स्फीत स्वर में करती है :

> वह हमेशा सुबह समय से उठता है, समय से अपने डैडी के साथ सैर को जाता है, समय से स्नान-संध्या करता है और फिर कपड़े बदलकर ठीक समय पर नाश्ते के लिए तैयार हो जाता है। हमारे

> नाना जी कहा करते थे—वक़्त की पाबन्दी सभ्यता की पहली निशानी है! और नीरू काम, आराम और खेल के समय का पूरा-पूरा ध्यान रखता है। समय पर पढ़ता है, समय पर आराम करता है और समय पर खेलता है। सोने की बेला खेलते या पढ़ते, या पढ़ने की बेला खेलते या सोते तुम उसे कभी न पाओगी।

यही नहीं, वक़्त की पाबन्दी, सफ़ाई, करीने-सलीके और सारे विधि-निषेध उसके नौकरों पर भी पूरी कड़ाई के साथ लागू हैं। अन्नो और श्रीपत यदि मुन्नी को अपने जीजा जी की बहन मानने की भूलकर बैठते हैं तो कोई हैरत की बात नहीं है। नौकरों के दैनिक जीवन का ढर्रा भी अंजो के संकेत पर चलता है—सबके खाने, आराम करने और उठने का समय बिलकुल निश्चित है। उसमें आसानी से कोई रद्दो-बदल होना असम्भव है। श्रीपत-जैसा अल्हड़ और सैलानी तबीयत का जीव तो मुन्नी से यह सुनकर चौंक पड़ता है—"आप खाना खा लीजिए, हम लोगों के आराम का समय है!"

अंजो के भीतर की तानाशाह नारी अपने पति और बेटे को अपनी मान्यताओं और विश्वासों के शिकंजे में बेतरह जकड़े हुए है। और इसीलिए पति से अतिशय सदाचारिता की माँग करती है और बेटे को उसकी जन्मजात प्रतिभा और अभिरुचि के प्रतिकूल कलेक्टर बनाने के लिए गढ़ती रहती है। उसे दृढ़-विश्वास है कि वह बंजर धरती पर भी मनचाहे बीज उगाने में समर्थ है। यह मिथ्या धारणा वस्तुत: उसकी प्रबल अहंवादी मनोवृत्ति की ओर ही संकेत करती है।

और जब अंजो के इस दमन का तनाव अपनी आख़िरी हद तक पहुँच जाता है तो उसे एक बहुत तेज़ झटका लगता है। इस प्रतिक्रिया का प्रतिनिधित्व श्रीपत के माध्यम से होता है, क्योंकि वही एक ऐसा पात्र है, जिसे पहले-पहल इस दमन का एहसास होता है। अंजो के अपने सीमित दायरे के पात्रों में या तो इतनी विवेक-शक्ति ही नहीं है कि वे इस दमन के भयावह परिणामों को महसूस कर सकें या जिनमें है भी, वे इतने बुझे-से हैं कि उनमें विद्रोह करने का सामर्थ्य ही नहीं है। उन सभी पात्रों ने अंजो के नियंत्रण, अनुशासन और

विधि-निषेध को अपने जीवन की अनिवार्यताएँ समझकर स्वीकार कर लिया है। वे सब रेलगाड़ी के डिब्बों की तरह हैं, जिन्हें अंजो इंजन की तरह एक ऐसे गन्तव्य की ओर खींचे लिये जा रही है, जिसे जानना डिब्बों के लिए विशेष आवश्यक नहीं है। किन्तु श्रीपत जैसा जीवन्त पात्र अंजो की इस सारी यंत्रवत व्यवस्था पर अनजाने ही एक क्रूर प्रहार करके उसे विशृंखल करता हुआ चला जाता है।

श्रीपत के चले जाने के बाद अंजो अपनी पारिवारिक मशीन के इन तथाकथित पुर्ज़ों को फिर से सुनिश्चित स्थान पर फ़िट कर देना चाहती है, पर जब एक बार के उखड़े हुए पुर्ज़े बिलकुल उसी तरह बैठने से इनकार कर देते हैं, तो उसका अदम्य अहं इस चुनौती से तिलमिला उठता है। पुरानी व्यवस्था और अनुशासन को लौटा लाने के प्रयास में वह स्वयं टूट जाती है, किन्तु इस अधूरे कार्य को पूरा करने के लिए वह नीरज की पत्नी ओमी को अपने प्रतिनिधि के रूप में छोड़ जाती है। श्रीपत फिर आता है और इस दफ़ा एक बार के चोट खाए अंजो के दमन-चक्र पर दुगने वेग से प्रहार करता है। अंजो का आतंक-मिश्रित-तिलिस्म टूटता है और इस बन्धन से निजात पाए हुए पात्र ज़िन्दगी को मशीन की तरह परिचालित करने के बजाय, उसे इनसान की तरह जीने की प्रेरणा पाते हैं। इस प्रकार मनोवैज्ञानिक स्तर पर भी यह विचारों के दमन और तज्जनित प्रतिक्रिया के संघर्ष की कहानी है।

चरित्र-चित्रण

यद्यपि नाटक की वस्तु का विश्लेषण करने के दौरान में प्रमुख पात्रों की आधारभूत मनोवृत्तियों का ज़िक्र कई बार आ चुका है, लेकिन यहाँ प्रत्येक पात्र पर अलग-अलग विचार कर लेना कदाचित संगत भी होगा और समीचीन भी।

समूचे नाटक में अंजो और श्रीपत—दो ही जीवन्त और शक्तिशाली पात्र हैं और इन्हीं की विचारधाराओं के संघर्ष पर कथा-वस्तु का ढाँचा टिका हुआ है। अन्य सभी पात्र औसत स्तर के हैं। वकील साहब और अन्नो को छोड़कर

उनका स्वतंत्र व्यक्तित्व भी नहीं है। हाँ, वकील साहब पर अंजो का प्रभाव काफ़ी है। सच बात तो यह है कि अंजो का आतंक अधिकांश पात्रों को दबोचे हुए है। और नाटककार को यही अभीष्ट भी था।

अंजो

उस अशरीरी दमन की मूर्त प्रतीक है, जो उसे अपने स्वर्गीय नाना से विरासत में मिला है। यह तो नहीं कहा जा सकता कि अपने विचारों को दूसरों पर थोपने की मनोवृत्ति उसे जन्मजात संस्कार के रूप में मिली, फिर भी यह सच है कि जिस वातावरण में वह पली-बढ़ी, उसमें दमन और आतंक से अछूती रह जाना उसके लिए असम्भव था। पहले वह स्वयं अपने नाना के आतंक का शिकार थी, किन्तु धीरे-धीरे उसके अवचेतन में यह मनोवृत्ति इतनी गहराई में जाकर धँस गई कि वह आरोपित वृत्ति न रहकर उसके व्यक्तित्व का एक अभिन्न अंग बन गई। उसकी सारी मान्यताएँ वस्तुतः उसके नाना की मान्यताएँ हैं :

— हमारे नाना जी कहा करते थे, नौकरों को सदा साफ़-सुथरा रहना चाहिए...
— हमारे नाना जी कहा करते थे—वक़्त की पाबन्दी सभ्यता की पहली निशानी है...
— नाना जी कहा करते थे—बच्चों को शुरू से ही अच्छी आदतें डालनी चाहिए...
— नाना जी कहा करते थे—सुघड़ापा स्त्री का गहना है और सदाचार पुरुष का...
— नाना जी कहा करते थे कि चाट...

यही नहीं, नाना जी के संस्कार उसके मस्तिष्क में इतनी गहराई से बद्धमूल हैं कि वह व्यक्तियों का स्वतंत्र मूल्यांकन भी नहीं कर सकती। कितनी बड़ी विडम्बना है कि वह अपने सगे भाई का भी मूल्यांकन पूर्वग्रह मुक्त होकर न कर सकी। उसे भी वह अपने नाना के चश्मे से देखकर आवारा और निकम्मा

समझती रही। यदि वह ऐसा कर लेती तो कदाचित उसके जीवन की यह ट्रैजिडी घटित ही न होती।

अंजो ने अपने नाना की मान्यताओं को आत्मसात करके अपने व दूसरों के जीवन के मानदंड के रूप में स्वीकार कर लिया है। वह चाहती है कि सारी दुनिया उसी तरह जिये, जिस तरह उसके स्वर्गीय नाना साहब जी गए हैं और जैसा वह स्वयं जी रही है। उसमें किसी तरह का व्यतिक्रम और अवरोध न हो। प्रथम अंक के प्रथम दृश्य का पर्दा उठते ही उसके दमन, आतंक और समय की पाबन्दी के प्रति उसकी निष्ठा का आभास मिलता है। जैसे ही घड़ी आठ बजाती है, उसका स्वर सुनाई देता है :

> मुन्नी, नाश्ता रखो मेज़ पर *(तनिक कड़े स्वर में)* तुम कर क्या रही हो? आठ बजने को आए हैं और नाश्ते का कहीं पता नहीं...नीरज बेटा, कपड़े बदल लिये तुमने...और अपने पापा से कहो, नहाकर सीधे इधर आएँ। नाश्ता कर लें, फिर चाहे जो करते रहें।

इन प्रथम दो-तीन संवादों से ही स्पष्ट हो जाता है कि अंजो का दमन-चक्र कितनी तेज़ी से घूम रहा है और वह अपने पति, पुत्र और नौकरों के जीवन को कितना नियंत्रित किये हुए है।

अंजो में सन्तुलित जीवन-दृष्टि का अभाव है और इसीलिए वह किसी भी अच्छाई को सनक की हद तक खींच ले जाती है। अदब-क़ायदे और सफ़ाई, आदि, अपने में बुरे नहीं, सच बात तो यह है कि उनका सन्तुलित उपयोग प्रत्येक व्यक्ति के जीवन में नितान्त आवश्यक है, किन्तु अंजो के व्यक्तित्व में ये सामान्य आदतें सनक की सीमा छूने लगती हैं। उसमें इतनी ज़्यादा औपचारिकता आ जाती है कि हृदय की सहज वृत्तियाँ घुटकर दम तोड़ने लगती हैं और स्नेह का तरल स्रोत सूख जाता है। जब धूल और पसीने से लथपथ श्रीपत स्नेह के कारण उसके पति से लिपट जाता है, तो वह डाँटकर कहती है :

> श्रीपत, क्या कर रहे हो? धूल और पसीने से तुम्हारे कपड़े ग़च हो रहे हैं और तुम लिपटे जा रहे हो इनसे। चलो, नहाओ, कपड़े बदलो! सामान कहाँ है तुम्हारा?

और जब श्रीपत कहता है :

> दीदी, मैं इतनी मुद्दत के बाद यहाँ आया हूँ, तुम्हारा छोटा भाई हूँ, तुम लोगों से मिलने की हसरत दिल में लिये हुए, न जाने कब से इस महान भारत के नगर-नगर में भटक रहा हूँ। और तुम्हें मेरा पल भर को भी यहाँ बैठना नहीं सुहाता...

तो सचमुच अंजो के इस रूखे व्यवहार पर झुंझलाहट होने लगती है।

अंजो के कठोर दमन की मूर्त ट्रैजिडी हैं—वकील साहब और नीरज! वकील साहब की अल्हड़ और मौजी ज़िन्दगी ने अंजो के नियंत्रण और अनुशासन से समझौता कर तो लिया है, किन्तु इस आत्म-निग्रह के पीछे उनके हृदय की किसी स्वाभाविक वृत्ति का योग नहीं है। इसलिए जैसे ही थोड़ा अवसर मिलता है, उनकी मौजी मनोवृत्ति सिर उठाने लगती है। किन्तु उनमें इतनी शक्ति नहीं है कि अंजो के जादू को तोड़ फेंकें, जिसके फलस्वरूप उनकी ज़िन्दगी रेगिस्तान की तरह विरस और सुनसान बन जाती है। वास्तव में उनके व्यक्तित्व की यह सबसे बड़ी ट्रैजिडी है!

अंजो का ज़ुल्म पूरी कड़ाई और तनाव के साथ नीरज पर हावी है। चूँकि स्वर्गीय नाना जी वक़्त की पाबन्दी, सफ़ाई और हद दर्जे की शिष्टता के कायल थे और सबसे बड़ी बात तो यह कि वे आई.सी.एस. अफ़सर थे, इसीलिए वह अपने बेटे को भी, उसकी इच्छा के विरुद्ध गढ़-पीट कर इस तरह बना लेना चाहती है कि उसमें उसे अपने आदर्श नाना जी की प्रतिमूर्ति के दर्शन हो सकें। इसी कारण नीरज की नैसर्गिक अभिरुचि और सहजात वृत्तियों को प्रतिकूल दिशाओं में ज़बरदस्ती मोड़ा गया और उसका भीषण परिणाम यह निकला कि न वह क्रिकेट का कप्तान बन सका और न कलेक्टर! न जाने और कितने नीरज हमें आस-पास की दुनिया में मिल जाएँगे। अंजो द्वारा विचारों और मान्यताओं को लादने का अत्याचार कितना बड़ा था। इसे आगे चलकर स्वयं नीरज भी महसूस करता है :

> ...मैं तो बना ही था क्रिकेट का कप्तान होने के लिए। मामा जी ने कहा था—'बेटे, दो घंटे पढ़ो और छह घंटे डट के खेलो, निश्चय ही

> तुम क्रिकेट के कप्तान बनोगे,' पर ममी पीछे पड़ी थीं मुझे आई.सी. एस. बनाने के। छह घंटे पढ़ना और दो घंटे खेलना पड़ा। मन क्रिकेट में और आँखें पढ़ाई में। फल तुम्हारे सामने है। न क्रिकेट के कप्तान बने, न आई.सी.एस.।

अंजो के व्यक्तित्व में बद्धमूल दमन और सनक की मनोवृत्ति का अन्तरंग सम्बन्ध उसके उद्दाम अहं से है। वह टूट तो सकती है, लेकिन न झुक सकती है और न हार मान सकती है। पतले, छरहरे शरीर की दुर्बल नसों वाली इस नारी का हठीला अहं उसके माथे की सदा तनी रहने वाली नसों से ही द्योतित होता रहता है। उसे इस बात का गर्व है कि उसने अपने संसर्ग में आने वाले लगभग सभी पात्रों को मनोनुकूल साँचे में ढाल लिया है और अन्नो से वह अपने पति के सम्बन्ध में कहती भी है :

> बड़े सिटपिटाए थे पहले-पहल, पर मैं ले ही आई अपने ढब पर...।

अपने इस अहं की रक्षा के लिए वह सब कुछ कर सकती है—भूख-हड़ताल कर सकती है, रूठकर पीहर जा सकती है और यही नहीं, अपनी ज़िन्दगी का बलिदान भी दे सकती है। किया भी उसने यही। वकील साहब की शराब पीने की लत उसके अहं को सबसे बड़ी चुनौती थी। इस चुनौती से वह लोहा लेती है, लेकिन जब उसे अपनी हार का आभास मिल जाता है तो वह आत्म-विनाश द्वारा उस उद्देश्य को पूरा करना चाहती है, जिसे जीवित रहकर वह न कर सकी थी। वह मरकर भी जीवित रहती है और उसका दमन-चक्र निर्विरोध चलता ही रहता है। नीरज ओमी से कहता है :

> ...और मैं कहता हूँ कि ममी स्वयं ब्रेक थीं। जब तक वे ज़िन्दा रहीं, उन्होंने इस घर की ज़िन्दगी पर ब्रेक लगाए रखी—उसे स्वतंत्रता से बढ़ने, फलने-फूलने नहीं दिया—और जब मर गईं, तो ब्रेक लगाती गईं।

अंजो अपने अहं की तुष्टि के लिए काफ़ी खोज के बाद नीरज का विवाह ओमी जैसी एक ऐसी लड़की से करती है, जो उसकी अपनी ही अनुकृति और

प्रतिच्छाया है। उसे विश्वास था कि ओमी उसके अहं की थाती को सहेज सकेगी, किन्तु उसे यह भी आशंका थी कि सम्भव है, उसकी आत्महत्या की प्रतिक्रिया का असर उसकी इच्छा के अनुकूल न हो, इसीलिए वह अन्नो को ही उसकी सूचना देती है :

> ...घोषणा कर देना कि फ़िट ही में अंजो की जान निकल गई और अपने जीजा जी को शर्म दिलाना कि आपकी शराबनोशी का क्या दुष्परिणाम निकला...

वास्तव में उसकी इस आत्मघाती मनोवृत्ति का गहरा सम्बन्ध उसकी अस्वस्थ मनोवृत्ति (morbidity) से है। जिस क्षण श्रीपत को पता चलता है कि उसने ज़हर खाकर जान दी थी, वह वेदना-मिश्रित झुँझलाहट से भरकर कहता है :

> ...फ़िट उसको आपकी शराबनोशी पर न आता तो किसी और बात पर आता। वह कमज़ोर नसों की मॉर्बिड औरत थी...

किन्तु अंजो की सनक और उसके मानसिक गठन के असन्तुलन के पीछे निष्ठा और गम्भीरता की इतनी सुदृढ़ पीठिका है कि उसका मज़ाक़ नहीं उड़ाया जा सकता। कुछ भी हो, उसमें इच्छा-शक्ति की दृढ़ता और प्रबलता है और उसका जीवन इस तथ्य का भी परिचायक है कि दृढ़-इच्छा-शक्ति ही जीवन का नियामक तत्त्व है।...सारे-का-सारा नाटक उसकी और उसकी मान्यताओं की ट्रैजिडी से उत्पन्न अव्यक्त करुणा में समोया हुआ है।

श्रीपत

इस नाटक का सबसे ज़िन्दादिल पात्र है। उसी के माध्यम से नाटक के सपाट गति से चलने वाले घटना-व्यापार को ऐसे अप्रत्याशित मोड़ मिलते हैं, जिनकी चरम परिणति अंजो के इन्द्रजाल को झकझोरकर तोड़ देती है।

श्रीपत जिस जीवन-दर्शन का कायल है, वह अंजो की मान्यताओं का

विलोम है। आश्चर्य होता है कि एक ही माँ-बाप की दो सन्तानों के जीवन-क्रम में इतना अधिक पार्थक्य कैसे है? किन्तु मनोवैज्ञानिक धरातल पर इन परस्पर-विरोधी जीवन-दर्शनों का संगत विश्लेषण प्रस्तुत कर सकना कठिन नहीं है। चूँकि बचपन में ही अंजो को उसके नाना ने गोद ले लिया था, इसीलिए वह अपने माँ-बाप और उनके घरेलू वातावरण के प्रभाव से अछूती रह सकी। किन्तु श्रीपत को मस्ती और सैलानी मनोवृत्ति जन्मजात संस्कार के रूप में मिली और जिसे उसके घर के वातावरण ने और भी शोख़ रंग में रँग दिया। उसके घर में किसी क़िस्म का दमन नहीं, कोई आतंक नहीं और इसी बन्धनहीनता का ज़िक्र करते हुए वह कहता है :

> क़सम तुम्हारी मुन्नी, तुम चार दिन हमारे घर में रहकर तो देखो। कितनी आज़ादी है वहाँ। दिन के हर वक़्त तुम्हें वहाँ कोई-न-कोई नौकर सोता हुआ मिलेगा। *(हँसता है)* जब मालिक सोते हैं तो नौकर क्यों न सोएँ।

अंजो यदि ज़ुल्म और आतंक की साकार प्रतिमा है तो श्रीपत मस्ती और फक्कड़पन का मूर्त प्रतीक! यह मस्ती और फक्कड़पन उसकी चाल-ढाल, पहनावे और बातचीत से साफ़ झलकता है। उसे परवाह नहीं कि कुर्ते के बटन खुले हैं या बन्द। उसकी बातचीत के ढंग में भी एक अजीब-सा अपनापा और अनौपचारिकता है। जितनी बेतकल्लुफ़ी से वह अंजो या वकील साहब से बात कर सकता है, ठीक उसी तरह उस घर की नौकरानी मुन्नी से भी।

जैसा कि पहले भी निर्देश किया जा चुका है—श्रीपत ही एक ऐसा पात्र है, जो अंजो के दमन और उसके भयावह परिणामों के प्रति जागरूक है। यदि वह न आता तो अंजो का अत्याचार निर्विरोध चलता ही रहता। वकील साहब और नीरज यद्यपि बाद को अंजो के दमन की भयंकरता महसूस करते हैं, लेकिन उनमें इतनी क्षमता नहीं है कि वे खुलकर विरोध और विद्रोह कर सकें। वकील साहब उसकी इच्छा के विरुद्ध शराब पीते ज़रूर हैं, लेकिन चोरी से।

श्रीपत के माध्यम ही से अंजो की सारी यांत्रिक व्यवस्था की गतिविधि में पहला व्यतिक्रम आता है। सनक की हद तक पहुँच जाने वाले अदब-क़ायदे,

संयम की अतिशय पाबन्दी और खाने-पीने के परहेज़—सब एक बार टूट जाते हैं, और सभी पात्र अंजो के नियंत्रण और अनुशासन से दूर हटते नज़र आने लगते हैं...वकील साहब की बेपरवाह और सैलानी मनोवृत्ति पर अंजो ने व्यवस्था और संयम का जो मुलम्मा चढ़ा रखा है, वह श्रीपत के व्यक्तित्व की एक ही रगड़ से छूट जाता है और जिस व्यक्ति ने वर्ष से चाट तक मुँह न लगाई थी, वह फिर से शराब पीना आरम्भ कर देता है। नीरज की शिष्टता की तारीफ़ करते हुए जिस अंजो ने कहा था—"इतना बड़ा हो गया है नीरज, कभी कान उमेठने की नौबत तक नहीं आई..." चन्द घंटों बाद वही अंजो उसी नीरज के कान खींचती हुई दिखाई पड़ती है। प्रथम अंक के प्रथम दृश्य में जो अन्नो अंजो के पास रहकर अपनी आदतें सुधारने की बात सोच रही थी, वही तीसरे दृश्य तक पहुँचते-पहुँचते श्रीपत की ओर आकर्षित हुए बग़ैर नहीं रह पाती और अंजो के चढ़े हुए तेवर के बावजूद मूँगी के लड्डू खा ही नहीं, श्रीपत के झटके से घर के नौकर तक हिल जाते हैं।...इसमें कोई सन्देह नहीं कि वह झंझा की तरह आता है और तूफ़ान की तरह चला जाता है, किन्तु अंजो के परिवार में उसका असर धूल की तरह इतना जमकर बैठ जाता है कि वह मरकर भी उसे नहीं मिटा पाती। जाते-जाते वह जो कुछ अंजो से कह जाता है, वह कितने गहरे अर्थों से संयोजित है :

> और अंजो दीदी नमस्ते। दुआ है कि हमारे नाना जी का जादू तुम्हारे सिर से उतरे और तुम भी देखो कि चाट आख़िर कोई वैसी बुरी चीज़ नहीं...

श्रीपत मनमौजी जीव है, न किसी से शासित है, न नियंत्रित, इसीलिए उसे उस दमन के प्रति सख़्त नफ़रत है, जिसमें विचारों को दूसरों पर बलात् लादा जाता है। वह चाहता है कि जन्मजात प्रतिभा को अनुकूल दिशाओं में मोड़कर व्यक्तित्व की अन्तर्भूत सम्भावनाओं को विकसित किया जाय। इसीलिए वह नीरज को क्रिकेट का कप्तान और नीलम को कवि बनने के लिए प्रोत्साहित करता है, जबकि क्रमशः अंजो और ओमी उन्हें उनकी अभिरुचियों के प्रतिकूल कलेक्टर और कमिश्नर बनाने का स्वप्न पालती रहती हैं।

श्रीपत अति का विरोधी है और इसीलिए किसी भी तरह की सनक का जानी दुश्मन है, चाहे वह सनक अंजो में हो या स्वयं उसमें। जितनी निर्ममता से वह अंजो के तिलिस्म को ध्वस्त कर सकता है, उतनी ही बेरहमी से स्वयं अपनी दुर्बलताओं का भी मज़ाक़ उड़ा सकता है। यह कहना तो ग़लत होगा कि श्रीपत में कोई सनक ही नहीं है, किन्तु इतना अवश्य है कि वह सभी तरह के पूर्वग्रहों से मुक्त है और वास्तव में अंजो और उसकी सनक में यही मौलिक अन्तर भी है। सनक किसी भी सामान्य प्रवृत्ति की अतिवादी सीमा है और इसीलिए उस तक पहुँच जाना उतना बुरा नहीं है, जितना कि वहाँ पहुँचकर पीछे लौटने से इनकार कर देना। श्रीपत को जैसे ही अपनी सनक का पता चलता है, वह उसे 'ऐबनॉर्मल' मनोवृत्ति समझ, छोड़ देता है। वह कहता भी है—"किसी भी बात को सनक की हदें तक ले जाने का मैं कायल नहीं। जब मैंने देखा कि मेरी वह आदत सनक बन रही है तो मैंने उसे छोड़ दिया...।" किन्तु अंजो के भीषण अहं को यह गवारा नहीं है। सच बात तो यह है कि वह सारी सनक उसकी मॉर्बिड ज़िन्दगी की एक 'नॉर्मल डोज़' *(सहज ख़ुराक)* है, जिसके बग़ैर उसका ज़िन्दा रहना भी मुश्किल है। इसके अतिरिक्त एक बात और है—सनक की इस अतिवादी सीमा को छूकर लौट आने के लिए जिस बौद्धिक सन्तुलन और स्वस्थ जीवन-दृष्टि की अपेक्षा होती है, उसका अंजो में सर्वथा अभाव है। उसके विपरीत श्रीपत का दृष्टिकोण वैज्ञानिक है। यद्यपि उसकी विश्लेषण-प्रक्रिया उभरकर नहीं आती, क्योंकि उसका व्यक्तित्व मौजी, फक्कड़ और मुँहफट है। वह अंजो का तिलिस्म इसलिए नहीं तोड़ता कि उसके घर में 'सुबह-शाम बोतलें खुलें, काग उड़ें, शोर और धमा-चौकड़ी मचे।' इसे भी वह 'सनक की दूसरी हद' कहकर सन्तुलित जीवन-दर्शन का समर्थन करता है और अंजो के दमन के नीचे पिसे उसके परिवार के एक-एक प्राणी को बता देना चाहता है कि :

> ...घड़ी मशीन है और इनसान मशीन नहीं। जब इनसान मशीन बन जाएगा तो वह दिन दुनिया के लिए सबसे बड़े ख़तरे का दिन होगा। इनसान का मशीन बनना सनक का दूसरा रूप है। अंजो यदि इसे समझती तो जीजा जी को चोरी से शराब पीने और उसे मरने की ज़रूरत न पड़ती...

श्रीपत अंजो की सनक तोड़ता है। किन्तु उसकी इस विरोध-भावना का उद्रेक घृणा से नहीं होता। अंजो के प्रति उसका स्नेह और ममत्व कम नहीं है, यद्यपि इसे कहीं मुखर अभिव्यक्ति नहीं मिली। उसके हृदय में बहन के कृत्य पर जो वेदना-मिश्रित झुँझलाहट है, वह इसलिए है कि उसने महज़ सनक की रक्षा के लिए अपना सारा जीवन चौपट कर दिया।

यद्यपि श्रीपत भी अंजो के समान ही शक्तिशाली और क्रियात्मक पात्र है, फिर भी इस सारी ज़िन्दादिली के बावजूद उसके चरित्रांकन में अतिरंजना अवश्य है। किन्तु इस सम्बन्ध में एक बात अत्यन्त महत्त्वपूर्ण है और वह यह कि हमारे यथार्थ जीवन में ऐसे मस्त और फक्कड़ पात्रों की कमी नहीं है और यह भी सच है कि प्राय: वे अपने अस्तित्व के बावजूद जीवन के कटु-यथार्थ के सन्दर्भ में बेमेल और काल्पनिक लगते हैं। मस्ती के जिस आलम से वे घिरे रहते हैं, वह सत्य होते हुए भी, सहसा हमें यह विश्वास नहीं दिला पाता कि जो कुछ हम देख रहे हैं, वह झूठ नहीं है। चूँकि श्रीपत यथार्थ-जीवन के इन्हीं पात्रों के अनुरूप गढ़ा गया है, अतएव उसके व्यक्तित्व की अतिरंजना लगभग उतनी ही है या शायद अधिक है तो केवल नाम मात्र को। श्रीपत के व्यक्तित्व के अतिरंजित यथार्थ की सबसे बड़ी सार्थकता और औचित्य यही है कि वह अंजो के जादू को तोड़ने और एक सन्तुलित जीवन-दर्शन देने में समर्थ है।

इन्द्रनारायण

इन्द्रनारायण भी अंजो के दमन के शिकंजे में बुरी तरह जकड़े हुए हैं। विवाह के पहले वे भी श्रीपत की तरह मनमौजी, फक्कड़ और लापरवाह थे, किन्तु उनका व्यक्तित्व इतना सशक्त नहीं है कि अंजो के आरोपित नियंत्रण और अनुशासन को ठुकरा सकें। उन्होंने अंजो के इस नियंत्रण को अपनी परिस्थितियों का यथार्थ अंग मानकर उससे समझौता कर लिया है और उसी के समान कभी-कभी नाना जी की दुहाई देने से भी नहीं चूकते। किन्तु यह नियंत्रण भी—अंजो की मौत के पहले—कभी उनके व्यक्तित्व का अंगभूत अंश नहीं बन पाता, भले ही उनकी पतलून की क्रीज़ और ताज़ा प्रेस किया हुआ कोट का कॉलर अंजो

की व्यवस्था और अनुशासन की डींग हाँकता रहे। उनके खोखले ठहाके उस बीती हुई मस्त और सैलानी ज़िन्दगी के अवशेष हैं, जो अंजो की व्यवस्था और विधि-निषेधों के कारण उनसे छिन गई है। और इसलिए जैसे ही श्रीपत अंजो के नियंत्रण का तनाव थोड़ा ढीला करके उनकी निरीहता को उघाड़ देता है, वैसे ही उनके अन्तर्मन में ज़िन्दगी के पुराने ढर्रे पर लौट आने के लिए प्रतिक्रिया आरम्भ हो जाती है। वही व्यक्ति, जो अंजो से फ़ौजदारी के वकीलों के फूहड़पन, अश्लीलता और चाट खाने की गन्दी आदत की शिकायत कर रहा था, कुछ घंटे बाद ही श्रीपत की अश्लील बातचीत में पूरा रस ले सकता है, बग़ैर किसी हिचक के छह साल का नियम भंग करके चाट खा सकता है और 'दिलकुशा' में बैठकर शराब भी पी सकता है।

किन्तु अंजो की मौत के बाद उनका जीवन एक नई दिशा की ओर मुड़ता है और वास्तव में यहीं से उनके चरित्र का आकर्षण प्रारम्भ होता है यदि उन्हें पहले ही अंजो के आत्मघात की सूचना मिल गई होती तो सम्भव था कि झुँझलाहट से भरकर वे उसके आदर्शों की सर्वथा उपेक्षा कर देते, किन्तु अंजो के प्रति एक ग्लानि-मिश्रित आदर-भावना धीरे-धीरे इतनी गाढ़ी हो जाती है कि वे अंजो के ज़हर खाने की सूचना पाकर भी तड़पकर केवल यही कह पाते हैं—"ज़रा सी ग़लती पर अपनी सनक में तुमने मेरे पाँच बरस रेगिस्तान बना डाले अंजो, मैं तुम्हें क्या कहूँ!"

अंजो का अन्तिम पत्र उनकी मस्ती और असंयम को बुरी तरह झकझोरता है और आत्म-ग्लानि से भरकर वे जिस प्रकार उसकी मान्यताओं और विधि-निषेधों को सहेजते हैं, उसे देखकर आश्चर्य होता है। इस बार उनका संयम और आत्म-दमन आरोपित न होकर, उनकी हार्दिक वृत्तियों से पुष्ट और समन्वित है।

वकील साहब के जीवन की ट्रैजिडी उनकी उस मनःस्थिति से प्रसूत है, जो आदर्श और यथार्थ के तक़ाज़ों को एक साथ ही परितोष दे लेने में सक्षम है। इसीलिए वे अंजो के तिलिस्म को तोड़ने का समर्थन तो करते हैं, लेकिन अपने-आप को उसकी सनक के व्यामोह से नहीं खींच पाते। आदर्श और यथार्थ का यह संश्लिष्ट गुम्फन उनके इन शब्दों में कितना मुखर है :

> नहीं भाई, मैं नहीं पी सकता। अंजो के ज़ुल्म और उसकी सनक की बात मैं मानता हूँ, पर जब उसने इस सनक के लिए अपनी जान दे दी, तो मुझे उसकी रक्षा करनी ही चाहिए। जाने जीवन कितने दिन और है, क्यों इन चन्द दिनों के लिए उसकी आत्मा को कष्ट दूँ। *(गिलास रखकर अपने कमरे की ओर चलते हैं, फिर मुड़ते हैं।)* लेकिन तुम पियो, मौज करो, इस कमरे का जादू तोड़ो, हँसो, शोर मचाओ, जिओ! *(फिर मुड़कर जाते हुए)* लेकिन मुझे मेरे हाल पर छोड़ दो, मुझे मेरे हाल पर छोड़ दो...

और उनकी फक्कड़ ज़िन्दगी का यह करुण उपसंहार अपने पीछे एक गहरी व्यथा छोड़ जाता है।

अन्नो

अंजली की अन्तरंग सहेली है और नाटक के घटना-व्यापार में पड़ जाने वाली बीस वर्षों की दरार को अपनी उपस्थिति से जोड़ती है और दोनों अंकों के प्रथम दृश्यों में उसका लेस बुनते रहना कथा-क्रम में एकसूत्रता बनाए रखने का प्रतीक है।

अंजो और अन्नो के जीवनगत अन्तर को नाटककार ने रंगमंच-निर्देश की एक ही टिप्पणी से स्पष्ट कर दिया है। अंजो के पहनावे में सुरुचि, स्वच्छता और निर्दोषिता है, जिससे उसके तने हुए व्यक्तित्व की स्फूर्त और सजगता टपकती है, जबकि अन्नो के बनाव-सिंगार और पहनावे से पूरी बेपरवाही का संकेत मिलता है। है भी आख़िरकार अन्नो ऐसे घर-परिवार की थोड़ी वयः-प्राप्त-लड़की, जहाँ के बच्चे आठ-आठ बजे तक सोते रहते हैं और उन्हें कान उमेठ-उमेठकर जगाना पड़ता है। किन्तु इस लापरवाही के बावजूद उसके संयत व्यक्तित्व में कुछ इतना अधिक संकोच है कि वह अपनी बड़ी से बड़ी हसरत और बड़े से बड़ा दर्द खुलकर व्यक्त नहीं कर सकती, क्योंकि उसमें अपने उद्दाम मनोवेगों को भी संयत अभिव्यक्ति देने की अपूर्व क्षमता है और वास्तव में यही उसके व्यक्तित्व की सबसे बड़ी ट्रैजिडी है। वह श्रीपत के प्रति

आकर्षित है, किन्तु संकोच के कारण ही उसका सम्मोहन मुखर होकर व्यक्त नहीं हो पाता। फलतः वह शादी के सपने ही पालती रह जाती है। श्रीपत से अपनी दूसरी भेंट में वह अपेक्षाकृत अधिक मुखर है, किन्तु फिर भी ज़बान से कम, चेष्टाओं से अधिक! सिगरेट का टुकड़ा उठाकर श्रीपत के मुँह में रखना, पहले ही से दियासलाई लेते आना और सिगरेट सुलगाना, आदि चेष्टाएँ इतनी अर्थपूर्ण हैं कि उसके कुँआरे जीवन का सारा अनकहा दर्द एक साथ उघड़कर फूट पड़ता है। कभी-कभी तो यह निर्णय करना कठिन हो जाता है कि इस नाटक में अंजो की ट्रैजिडी अधिक है अथवा अन्नो की? ट्रैजिडी वास्तव में दोनों की है। एक की व्यक्त, दूसरी की अव्यक्त!

नीरज

अंजो के ज़ुल्म के दुष्परिणामों का सजीव प्रतीक है—नीरज। अपनी माँ के दमन के फलस्वरूप वह क्रिकेट का कप्तान तो बना नहीं, पर कलेक्टर भी नहीं बन पाया। बचपन में उसकी जिस स्वाभाविक बाल-सुलभ चंचलता को औपचारिक शिष्टता ने दबोच लिया था, वह कालान्तर में एक बनावटी और छूछे फक्कड़पन के रूप में सिर उठाती है। किन्तु यह कितनी बड़ी नाटकीय-विडम्बना (dramatic irony) है कि अंजो अपने जिस बेटे को सभ्य और शिष्ट बनाने के लिए मर मिटी, वही आगे चलकर शिष्टता का मज़ाक़ उड़ाता है और उसकी पत्नी ओमी को भी उसकी बातचीत में एक लोफ़र का-सा अन्दाज़ दिखाई पड़ता है।

नीरज के चरित्र की सबसे बड़ी विडम्बना यह है कि अपनी माँ के जिस दमन का वह शिकार था, उसी की पुनरावृत्ति वह बाप बनकर अपने बेटे नीलम के साथ करता है। नीलम दमन की दोहरी मार का शिकार है—स्वयं तो वह कवि बनना चाहता है, किन्तु अंजो की प्रतिनिधि, उसकी माँ ओमी उसके कमिश्नर बनने की हसरत रखती है और नीरज उसे क्रिकेट का कप्तान बनाकर अपनी उस आकांक्षा को फलीभूत करना चाहता है, जिसे वह अंजो के नियंत्रण के कारण अपने जीवन में साकार न कर सका था।

मनोवैज्ञानिक आधार लेकर पीढ़ी-दर-पीढ़ी चलने वाली यह ट्रैजिडी नाटक की मूलभूत समस्या है।

ओमी

अंजो की प्रतिच्छाया है और इसीलिए अंजो की प्रतिनिधि होकर भी वह अंजो नहीं है। न तो उसमें अंजो जैसा अखंड अहं है और न उसके जैसा सशक्त व्यक्तित्व है। अपने पति पर भी उसका वैसा नियंत्रण नहीं है, जैसा वकील साहब पर अंजो का था। अपनी सनक के प्रति उसका आग्रह भी अधिक दृढ़ नहीं लगता। ऑफ़िस में वकील साहब के शराब पीने से भी अंजो के अहं को ठेस लगती थी, किन्तु नीरज यदि नज़ीर के यहाँ अथवा डाइनिंग-रूम व ड्रॉइंग-रूम को छोड़कर कहीं भी शराब पीने की व्यवस्था कर ले तो उसे कोई एतराज़ नहीं है। किन्तु लेखक को उसके माध्यम से जिस नाटकीय प्रयोजन की सिद्धि अभिप्रेत थी, उसमें कोई भी त्रुटि नहीं आने पाई और वह अंजो को उसकी मौत के बावजूद, जिलाए रखने में समर्थ है।

नाटक के घटना-क्रम का पर्यवसान जिस गहरी ट्रैजिडी में होता है, वह महज़ अंजो की ही ट्रैजिडी नहीं है। अरस्तू के 'दुखान्त' की परिभाषा आज के नाटकों पर अधिक लागू नहीं होती और ट्रैजिडी के आधुनिक मानदंड इस मान्यता में विश्वास करते हैं कि ट्रैजिक पात्र के लिए शरीरी मृत्यु अनिवार्य नहीं है। वकील साहब और अन्नो के जीवन के करुण उपसंहार में नाटक की बहुत बड़ी ट्रैजिडी निहित है। श्रीपत की मस्ती और ख़ुमार के पीछे भी अव्यक्त विषाद की एक गाढ़ी छाया है। साथ-ही-साथ यह नीरज के जीवन की सबसे बड़ी आकांक्षा की भी ट्रैजिडी है। और चूँकि यह अंजो की ट्रैजिडी है, इसलिए उसकी प्रतिच्छाया ओमी भी नाटक में परिव्याप्त ट्रैजिक प्रभाव से अछूती नहीं रह सकी। उसे अंजो की और इसीलिए अपनी भी मान्यताओं व सनक का ख़ून होते हुए देखना पड़ा है। वास्तव में अंजो की यह अशरीरी ट्रैजिडी उसके शरीरी अवसान से कहीं अधिक करुण और विषादमय है।

कला पक्ष

अंजो दीदी का शिल्प अत्यन्त प्रौढ़ और निखरा हुआ है। इसमें एक समस्या है, उसका विश्लेषण है, समाधान है और सब कुछ कला का सुघड़ लिबास पहने हुए है। कथा के सूत्रों की बुनावट में न कोई उलझाव है, न कोई गाँठ; इसीलिए उसका अत्यन्त निर्मल स्वरूप उभरकर सामने आता है। घटना-क्रम में कोई ऐसा अवान्तर प्रसंग नहीं, जो नाटक के कार्य-व्यापार को अवरुद्ध करे या अन्तिम संवेदना के गहरे प्रभाव को कोई आघात पहुँचाए। कथा का एक सुनिश्चित प्रारम्भ और विकास है, जो संघर्ष के आरोह-अवरोहों से गुज़रकर चरम-सीमा और नाटकीय परिसमाप्ति की ओर बढ़ता है।

प्रथम अंक के प्रथम दृश्य से ही अंजो के उस दमन और नियंत्रण का संकेत मिल जाता है, जो उसके परिवार के सभी लोगों पर हावी है। इसी दृश्य में इस आतंक के विरुद्ध श्रीपत की प्रतिक्रिया के झटके लगने लगते हैं, जो तीसरे दृश्य में और भी तेज़ हो जाते हैं और कथा-क्रम में अंजो का दमन अवरोह की स्थिति तक पहुँच जाता है। किन्तु दूसरे अंक के प्रथम दृश्य में फिर आरोह की स्थिति प्रारम्भ होती है। इसी दृश्य में वकील साहब के आत्म-निग्रह और ज़िन्दगी के परिवर्तित ढर्रे में अंजो के दमन की उस चरम-सीमा के दर्शन होते हैं, जो फिर श्रीपत की प्रतिक्रिया का झटका खाकर वेग से परिसमाप्ति की ओर मुड़ती है। सच बात तो यह है कि नाटक की कथा का सम्बन्ध वस्तु-जगत से उतना नहीं है, जितना कि मानसिक जगत से। यही कारण है कि इसमें घटनाओं की सघनता और बाह्य-परिस्थितियों का संघर्ष अधिक नहीं है। किन्तु मनोवैज्ञानिक धरातल पर होने वाले जिस घात-प्रतिघात पर यह कथा-वस्तु टिकी है, उसमें भी एक निश्चित क्रम-परम्परा और स्वाभाविक विस्तार है।

नाटक की घटनाओं का नियोजन जिस प्रकार किया गया है, उसके सम्बन्ध में एक आपत्ति उठाई जा सकती है। सम्भव है कि कुछ पाठक, दर्शक और समीक्षक इस बात की शिकायत करें कि प्रथम अंक के अनेक स्थलों की आवृत्ति द्वितीय अंक में भी की गई है; किन्तु यह पुनरावृत्ति अनजाने ही नहीं हो गई, इसके पीछे नाटककार का एक जागरूक कलात्मक प्रयास है, जिसके

द्वारा उसे एक विशिष्ट प्रभाव का सृजन अभीष्ट है।...प्रथम अंक में प्रथम दृश्य को जिस प्रकार प्रारम्भ किया जाता है, ठीक उसी तरह से समानान्तर द्वितीय अंक के प्रथम दृश्य का प्रारम्भ होता है। अंजो के पहले संवाद को ओमी शब्दश: दुहराती है। नीरज का स्थान नीलम ने ले लिया है और वकील साहब का नीरज ने। अन्नो और मुन्नी वैसी-की-वैसी हैं, केवल आयु का अन्तर आ गया है। अन्नो तो ठीक वैसे ही लेस बुन रही है, जिस तरह वह प्रथम अंक के प्रथम दृश्य में दिखाई गई थी। प्रथम और द्वितीय अंक के द्वितीय दृश्य एकदम समानान्तर हैं। इस सारे घटना-संगठन के द्वारा नाटककार अंजो के दमन और आतंक के उस प्रभाव को व्यक्त करना चाहता है, जो बीस साल के व्यवधान के बावजूद उतना ही सशक्त है। नीरज जिस प्रकार अपनी माँ अंजो के दमन का शिकार था, ठीक उसी प्रकार नीलम भी ओमी के आतंक के नीचे पिसा हुआ है और चूँकि ओमी अंजो की ही प्रतिनिधि है, इसलिए नीलम की सहजात वृत्तियों का दमन अन्तत: अंजो की उस अहंवादी मनोवृत्ति से प्रसूत होता है, जो विरासत में उसे अपने नाना से मिली है। नाटककार इस आशय की व्यंजना करना चाहता है कि दमन-चक्र जब तक तोड़ा न जाय, अविराम गति से चलता ही जाएगा और अंजो व उसके नाना अपनी शरीरी मृत्यु के बावजूद अशरीरी रूप में जीवित बने रहेंगे।

किसी प्रभाव को गहरा बनाने के दृष्टिकोण से घटनाओं, पात्रों और कथोपकथन की समानान्तर नियोजना को पाश्चात्य नाटककारों ने समानान्तरता (parallelism) की संज्ञा दी है और आधुनिक नाटकों में इस नाटकीय तकनीक का कलात्मक उपयोग भी किया गया है। यह समानान्तरता अथवा पुनरावृत्ति उकताहट पैदा करने के बजाय मनोरंजन की सृष्टि करती है और जिन्होंने इन पंक्तियों के लेखक की तरह अंजो दीदी को रंगमंच पर देखा है, वे इस बात के साक्षी हैं।

अंजो दीदी के घटना-संगठन में एक कसाव है। प्रत्येक घटना और प्रत्येक पात्र से किसी-न-किसी विशिष्ट प्रयोजन की सिद्धि होती है और उनमें किसी तरह का फ़ालतूपन नहीं है। यही कारण है कि नाटक की अन्तर्भूत समस्या पूरे तौर से उभरती है और चरित्रांकन में भी अपूर्व सफलता आ पाई है। इसके

अतिरिक्त संकलन-त्रय का भी जैसा कलात्मक संयोजन किया गया है, वह नाटककार की एक महत्त्वपूर्ण उपलब्धि है। बीस वर्ष के इस लम्बे व्यवधान को इतने कौशल से बाँध लेना एक अत्यन्त प्रौढ़ व परिपक्व शिल्प की अपेक्षा रखता है। इसका स्थल-संकलन भी इतना गठा हुआ है कि नाटक की घटनाओं का आरम्भ, विकास और अन्त सब एक ही स्थल पर सम्पन्न हो जाता है। घटना-संकलन का विश्लेषण काफ़ी विस्तार के साथ ऊपर किया जा चुका है।

अश्क जी के संवादों का उल्लेख किये बिना उनकी नाट्य-कला का विश्लेषण अधूरा ही रह जाता है। उनके संवादों की-सी चुस्ती हिन्दी-नाटकों के इतिहास में अन्यत्र दुर्लभ है। नाटकीय प्रयोजन की दृष्टि से भी वे अत्यन्त सार्थक हैं। वे एक ओर घटना-चक्र को गतिशील और दूसरी ओर पात्रों के मनोविज्ञान को बोध-गम्य बनाते हैं। श्रीपत जिस तरह बात-बात में 'क़सम तुम्हारी' का प्रयोग करता है, उससे उसकी मस्ती और सैलानी तबीयत का आभास मिल जाना कठिन नहीं है। वकील साहब यद्यपि श्रीपत की तरह क़समें तो नहीं खाते, लेकिन जिस प्रकार वे बातचीत के दौरान में 'अरे भई' 'तो भई', का उपयोग करते हैं, उससे कम-से-कम इतना तो स्पष्ट हो ही जाता है कि वे काफ़ी ढीले-ढाले व्यक्ति हैं और उनमें अंजो जैसी औपचारिकता नहीं है।

अंजो के आतंक का व्यंजक तीन पात्रों का यह संक्षिप्त-सा कथोपकथन कितना चुस्त और प्रभावपूर्ण है।

श्रीपत अंजो के आग्रह के बावजूद नहाना नहीं चाहता और वकील साहब की ओर मुड़कर कहता है :

श्रीपत : क्यों जीजा जी, आपको कोई आपत्ति है?

इन्द्रनारायण : *(अंजली की ओर देखकर खखारकर)* मुझे...ए...ए...

श्रीपत : और अन्नो तुम्हें?

अनिमा : *(अंजली की ओर देखकर झिझकते हुए)* मैं...एँ...एँ...

श्रीपत : तो लाइए, चाय पी जाय!

इन संवादों की चुस्ती और मार्मिकता बहुत बड़ी सीमा तक उनकी भाषा और हास्य-व्यंग्य के प्रयोग पर निर्भर करती है। अश्क जी की भाषा पात्रानुकूल है, उसमें सरलता और बेहद प्रवाह है, जो चुटीले हास्य-व्यंग्य से मिलकर

और भी सजीव हो उठी है। मनोरंजकता निश्चय ही हास्य-व्यंग्य का एक आधारभूत तत्त्व है, किन्तु नाटककार की गहरी अन्तर्दृष्टि और प्रौढ़ शिल्प इसके माध्यम से अन्य महत्त्वपूर्ण प्रयोजनों की भी सिद्धि करते हैं। अश्क जी ने अंजो दीदी की ट्रैजिडी को हास्य-व्यंग्य की विरोधी भूमि पर प्रतिष्ठित करके उसके प्रभाव की समग्रता को और भी अधिक गहरा बना दिया है। प्रथम अंक का हास्य अधिक प्रफुल्लतापूर्ण (hilarious) है, किन्तु दूसरे अंक के तीसरे दृश्य तक पहुँचते-पहुँचते हास्य की यह 'स्पिरिट' तिरोभूत हो जाती है और एक ऐसी गहन गम्भीरता छा जाती है, जो नाटक की ट्रैजिडी के लिए स्वाभाविक वातावरण की सृष्टि करती है। कई स्थलों पर नाटकीय व्यंग्य का भी अत्यन्त कलात्मक प्रयोग किया गया है, जो परिस्थितियों और पात्रों के विरोधाभास (paradox) और असंगतियों को उद्घाटित कर समाप्त हो जाता है। इसी में उसकी सार्थकता भी है।

जैसा कि 'ऐतिहासिक परिपार्श्व' में उल्लेख किया जा चुका है, अश्क जी के नाटकों में अभिनेयता के साथ-साथ सुपाठ्यता भी है और 'अंजो दीदी' में भी ये दोनों गुण भरपूर हैं। इसकी सुपाठ्यता के पीछे नाटककार की सरल-तरल भाषा, चुटीला हास्य-व्यंग्य और विस्तृत रंगमंच-निर्देश हैं, जो पात्रों की रूप-रेखा और उनके अभिनय की सम्भावित मुद्राओं को मूर्त कर देते हैं।

किन्तु नाटक की सफलता की अन्तिम कसौटी है उसकी अभिनेयता। कहना नहीं होगा कि 'अंजो दीदी' इस कसौटी पर पूरी तरह खरा उतरता है। इसका प्रौढ़ नाटकीय-विधान अश्क जी के व्यापक रंगमंचीय अनुभव का परिचायक है। एक ही सेट पर दो अंकों के चार बड़े और दो छोटे दृश्यों की नियोजना करके नाटककार ने जिस व्यापक समस्या को उसके समस्त पहलुओं के साथ चित्रित किया है, वह किसी भी प्रथम श्रेणी की नाटकीय प्रतिभा के लिए स्पृहणीय है और लन्दन, टोकियो, बम्बई, कलकत्ता, हैदराबाद, चंडीगढ़, प्रयाग व पटना के रंगमंचों पर प्रदर्शित 'अंजो दीदी' के दर्शक इसकी अभूतपूर्व सफलता के साक्षी हैं।

उस समय के रंगमंच, अभिनेता और अन्य परिस्थितियों में रहकर जो कुछ अश्क ने हमें दिया है, वह प्रशंस्य है। उन्होंने प्रसाद की तरह काल्पनिक रंगमंच के लिए नहीं लिखा, न ही सेठ गोविन्ददास की तरह नाटक के नाम पर मनमाना लिखकर महान नाटककार हो गए। अश्क ने अपनी पॉसिबिलिटीज़ को पूरी तरह एक्सप्लॉयट किया है और यह असन्तोषप्रद नहीं है।

ओम शिवपुरी, *भारत रत्न भार्गव से*

Unlike many of his contemporaries, his grip over the craft and technique of playwriting is undoubtedly firm. He knows all the clever tricks and formulae by which readers' interest can be aroused and sustained. In his play Anjo Didi the author has steered clear from romantic and pseudo-idealistic pitfalls and has been able to create situations and characters which fall within the familiar pattern of readers' experience. The dialogues are crisp and lively, bubbling with spontaneous wit and humour.

—**Nirmal Varma**, *Hindustan Times, Delhi.*

नाटक के चिन्तन और तैयारी में वही प्रतिभा और परिश्रम है, जो मानव की सामाजिक प्रवृत्तियों को पीढ़ी-दर-पीढ़ी आते विवश संस्कारों के रूप में ग्रहण करके देने वाले संवेदनशील रूसी कथाकारों की अपनी विशेषता रही है। विशेष रूप से तुर्गनेव और गोर्की के उपन्यासों और चेखव के नाटकों के तीन पीढ़ी वाले कथानकों की, और इसमें सन्देह नहीं कि अश्क ने पूरे यथार्थ के साथ नाटकीय तत्त्वों को उभारते हुए आवश्यक मानवीय सहानुभूति, मनुष्य की भावनात्मक संस्कारगत विवशताओं का उचित ध्यान रखते हुए कथा को प्रस्तुत किया है।

—**राजेन्द्र यादव**, *ज्ञानोदय, कलकत्ता*